모든 것은
하나님의 섭리였고
은혜였습니다

모든 것은
하나님의 섭리였고
은혜였습니다

변종혜 지음

가온미디어

"모든 것은 다 하나님의
섭리였고 은혜였습니다."

변종혜 장로

이 책을 발간케 하신 하나님께 먼저 감사와 찬양과 영광을 돌립니다.

제 80평생을 뒤돌아보면 모든 것이 다 하나님의 은혜였고 사랑이었습니다. 특히 저는 남이 겪지 못한 수많은 죽을 고비를 넘겼습니다. 그때마다 하나님은 저를 보호해주시고 앞서 인도하여 주셨습니다.

내 삶 전체에서 보여주신 하나님의 그 같은 사랑과 은혜에 대한 감사는 이루 표현할 길 없습니다. 그래서 조금이라도 하나님께 감사하는 마음을 표하고자 이 책을 쓰게 되었습니다.

보잘 것 없는 저의 삶은 태평양을 건너기 전과 건넌 후로 크게 나눠졌다고 생각합니다. 태평양을 건너오기 전 한국에 살 때 하나님을 모르고 제 멋대로 살았음을 고백합니다. 그로인해 많은 실패와 어려움을 겪기도 하고 목숨조차 위태로운 사건들이 있었지만 그런 가운데도 하나님은 함께 동행하셔서 보호하여 주시고 인도하여 주시고 앞서 이끌어 주셨습니다. 하나님을 모르고 태평양을 건너 미국에 왔을 때도 세상에서 물질적으로 성공하는 아메리칸 드림을 꿈꾸었습니다.

그러나 하나님은 저의 계획과는 다르게 하나님의 영광을 나타낼 수 있는 다른 길로 인도하셨습니다.

무능하고 힘없는 저를 사용하셔서 시애틀 형제교회 51년을 섬기게 하시고 믿지 않는 영혼 구원에도 앞장서게 하셨습니다.

특히 한인사회를 위해서도 '시애틀 · 벨뷰 통합한국학교'를 창립하고 미래를 이끌어갈 후손들에게 한글과 한국문화를 가르쳐 자랑스러운 정체성을 갖게 하셨습니다.

뒤돌아보면 그동안 열매를 맺었던 많은 것들은 제가 한 것이 아니고 다 하나님이 경영하시고 능력 주셔서 이룬 것이라고 고백합니다. 모든 것은 다 하나님의 섭리였고 은혜였음에 감사드립니다.

부족한 저의 자서전에서 조금이라도 제 자랑이 나타날까봐 조심스럽습니다. 단지 하나님이 제 생애를 통해 체험케 하신 역사를 간증하고 싶을 뿐입니다.

사도 바울은 고린도교회에 보낸 고린도전서 10장에서 이스라엘 백성이 모두 홍해를 건널 때 다 구름과 바다에서 세례를 받았다고 말했습니다.

저는 한국에선 하나님을 믿지 않았지만 태평양을 건너오면서 하나님이 세례를 주셨다고 믿고 있습니다.

그래서 세례를 받은 태평양을 건넌 이후의 삶을 더 중요시 하고 있습니다. 아무쪼록 부족하지만 하나님의 역사와 섭리를 간증하는 제 자서전을 통해 오늘도 힘든 삶을 살고있는 모든 분들이 하나님이 주시는 소망을 가지고 하나님의 은혜와 사랑이 넘치시길 기원합니다.

특히 아직도 하나님을 믿지 않는 분들이 있다면 저같이 미약한 사람도 쓰시고 복 주신 하나님을 이 책을 통해 발견하시고 삶의 주인으로 삼기를 간절히 바랍니다.

어려운 이민생활에서 저를 도와 아름다운 가정을 이루고 두 딸을 훌륭히 키워준 사랑하는 아내와 성장한 두 딸에게 고마움을 표합니다. 또 형제 교회 권준 담임목사님 등 믿음의 많은 동역자들에게 감사를 전합니다.

이 책 발간에 수고한 전 중앙일보 시애틀 지사 편집국장 이동근 장로에게도 감사합니다.

2024년 7월 시애틀에서

우리에게 교훈이 될 이야기를 쓰게 하여 주신 하나님

권 준 목사(시애틀 형제교회 담임목사)

격동의 일생을 보내시고 인생의 황혼기에 그 이야기를 풀어 놓으신 변종혜 장로님의 "모든 것은 하나님의 섭리였고 은혜였습니다." 출간을 축하합니다.

그 시대에 태어나서 자란 분이라면 모두들 공감할 수 있는 일제 강점기, 6.25 한국 전쟁, 그리고 맨손으로 시작했던 이민 생활 등 많은 이야기들은 변종혜 장로님의 이야기일 뿐 아니라 이민을 사는 많은 1세대들이 공유할 수 있는 이야기 일 것입니다.

이민자의 삶 속에 교회는 아주 깊숙이 자리 잡고 있었습니다. 믿음 없는 상태로 이민의 삶을 시작했지만 한국말을 마음껏 하고 싶어 교회를 출석하기 시작했다는 고백을 많이 들었습니다. 이민 초창기에 교회가 얼마나 큰 역할을 하였는가를 이 글을 통해 알 수 있습니다.

변종혜 장로님은 형제교회의 아주 초창기 멤버 입니다. 그래서 저뿐 아니라 대부분의 형제교회 성도들이 알지 못하는 초창기의 역사를 아주 잘 알고 계십니다.

저 역시도 이 책을 읽으며 그런 역사가 있었구나 하는 많은 부분들이 있었습니다. 안타깝게도 많은 이민 교회가 그러하듯 형제교회도 분쟁의 역사를 가지고 있고, 분열의 아픔도 있었습니다.

대부분의 이민 교회는 그 상처를 극복하지 못하고 그저 그런 명맥을 유지하다 결국 문을 닫게 되는 경우가 다반사였습니다.

그러나 형제교회는 교회를 진실로 사랑하고 눈물로 기도하던 분들이 있었습니다. 그리고 교회가 다시 건강해지고 부흥하는 것을 꿈꾸며 살던 사람들이 있었습니다.

그래서 2000년 이후 형제교회는 새로운 이민 교회의 역사를 써가며 부흥하고 발전하고 있습니다. 그것은 자신의 몸과 마음을 드리며 기도하였던 1 세대들이 있었기 때문이라고 생각합니다.

그 역사의 기록이 이 책 속에 들어 있습니다. 제가 할 수 있는 말은 목회자 입장의 말이었고, 변종혜 장로님의 글은 평신도로서 교회의 초창기 시절부터 이 모든 일들을 겪어 본 입장에서 썼기 때문에 이민교회의 성도들, 특별히 리더십에 서 있는 성도들에게 지도와 같은 역할을 할 것이라 믿습니다.

교회의 한 세대의 역사를 이렇게 잘 정리해서 우리 교회의 후손들에게 물려주신 변종혜 장로님께 감사합니다. 그리고 한 영혼을 품에 고이 싸서 여러 번의 죽음의 고비에서 지켜주시며 오늘 날 우리에게 교훈이 될 이야기를 쓰게 하여 주신 하나님께 감사합니다.

이 책을 읽고 하나님께서 하시면 마른 가지에도 잎이 나고, 소망이 꺼져 가는 교회에도 다시 생기가 일어나는 기적을 일으키신다는 믿음을 회복하며 살게 되는 모든 분들 되시기를 기도합니다.

"내 삶에서 보여주신
하나님의 사랑과 은혜"

행복한 가정주신 하나님께 감사. 왼쪽이 큰딸 미경. 뒤는 미원. 그리고 사랑하는 아내 영숙

대통령 표창 전수식에서 서은지 총
영사(중앙) 와 로리와다씨와 함께

형제교회 장로 장립식 때.
왼쪽 4번째가 변종혜 장로

시애틀·벨뷰 통합한국학교 발전기금 모금의 밤에서 김재훈 이사장(왼쪽)이 이사들을 소개하고 있다. 뒷줄 3번째가 변종혜 장로

벨뷰 통합한국학교 등록신청일 날 함께한 교장, 교사, 이사들과 함께. 왼쪽 두 번째가 변종혜 장로

가정사역 참가자들과 함께 기념촬영

여행 간 오션쇼어 바닷가에서 아내와 함께 감사의 기도를 하고 있다.

두 딸과 사위, 손주들과 함께 하와이에서 즐거운 시간

두 딸들과 함께 즐거운 캐나다 여행

조카 결혼식에서

예쁘고 귀여운 손주들

차례

1부
유년기

2번 죽음의 고비에서 지켜주신 하나님

나는 변씨 성 가진 사람들만이 100여 호 모여 사는 집성촌, 경기도 부천군 오정면 고강리에서 1939년 6월 23일 태어났다.

부천군은 1914년 4월부터 1973년 6월까지 존재하다가 1973년 7월 1일 부천시로 승격하면서 사라지게 되었지만, 당시에는 아주 조그만 시골이었고 나의 영원한 고향이다.

서울과 인천 사이에 있는 부천은 지금은 서울특별시 시내나 마찬가지일 정도로 번화하고 발전되었지만, 어릴 적 나의 집이 있던 동네는 약 100채 정도로 작은 마을이었다.

기와집은 불과 1채였고 양철 지붕 집도 1채였으며, 나머지는 모두 초가집들이었다. 한국의 전형적인 시골 풍경으로, 높지 않은 산들이 주위에 있고 넓은 논과 밭이 있는 평화로운 마을이었다.

이처럼 풍요로운 부천의 마을을 집성촌으로 해서 여러 대째 이어온 많은 변씨들이 가까이 함께 살았다.

밀양 변씨는 이 땅에 정착한 변예생 이래로 600여 년 동안 고리울 지역에서 살고 있는데, '논개'라는 시로 유명한 시인 변영로와 힘께 일제의 탄압에도 끝까지 굴하지 않은 3형제인 법조인 변영만, 변영태를 배출했다.

이중 변영태 할아버지는 이승만 대통령 시절 외무장관, 국무총리를 역임했다. 이들 3형제는 나의 할아버지(변영보)와 6촌 형제였지만, 같

8남매 가족이 함께. 앞 왼쪽 2번째 변종혜 장로

은 우리 동네에서 가까이 살아 친할아버지나 다름없었다.

나는 아버지 변응수, 어머니 성덕례 가정 8남매 중 5째였다. 집안은 대대로 농사를 지어서 살았으나, 부모님은 8남매 중 큰 누이 빼고 자녀들을 모두 서울대, 고려대 대학까지 보내셨을 정도로 훌륭히 키우셨다.

미국에서 사는 나는 딸 둘을 키우기도 힘들었는데, 그 어려운 당시에 힘든 농사를 하면서 부모님이 8남매를 훌륭하게 키우셨다는 점에서 부모님을 제일 존경하고 있다.

부천에서는 당시 교통편이 좋지 않아 어린 우리들은 마을에서 걸어서 학교를 다니고, 인근 개천에서 물놀이를 하고 산에 올라가 즐거운 시간을 보내며 놀았다.

조그만 논두렁 웅덩이에도 물고기들이 많아 물길을 막고 두레박으로 물을 퍼내 고기를 잡았는데 메기, 장어, 붕어, 미꾸라지 등이 많이 나왔다.

고등학교, 대학 시절에는 서울 친구들이 내려오면 같이 물고기를 잡아 맛있는 매운탕을 해먹었다. 지금은 농약 사용으로 논두렁에 물고기들이 사라져 당시의 추억이 그립다.

특히 마을 뒷산에는 오래된 노송들이 둘러싸고 있었는데, 하얀 백로 떼가 소나무 위에 둥지를 틀고 우아한 자태를 뽐내고 있어 숲 전체가 마치 하얀 눈이 내린 것처럼 환상적이었다.

동네 사람들은 백로를 잘 보호하여 해마다 많은 백로들이 마을로 찾아오는 등 자연보호에도 힘썼다. 그러나 평화스러운 이곳에도 6.25 전쟁이 일어나고 많은 변화가 일어나 지금은 찾아오는 백로 한 마리도 없어 아쉽다.

아버지도 할아버지와 함께 농사일을 하였지만 내가 초등학교 때 서울에 취직하셔서 우리 식구들은 서울 사직동으로 이사 가고, 시골에는 할아버지, 할머니가 남으셨다.

당시 시골은 매우 가난한 사람들이 많았지만 다행히 우리 집안은 농사를 했기 때문에 굶을 정도로 가난하지는 않았다.

할아버지와 아버지는 부지런하게 농사를 하셨다. 집에는 함께 일하는 머슴도 있었고 커다란 황소도 키웠다.

초가집에는 가을엔 지붕에 노란 탐스러운 호박이 넝쿨째 달리고, 앞마당에서 할머니가 멍석을 깔고 빨긴 고추를 밀리던 모습, 아버지가 소에 여물을 주고 소를 끌고 밭갈이를 하거나 논 써레질을 하던 모습들이 정겹게 생각난다.

소가 써레질을 하는 모습은 지금은 볼 수 없지만, 당시는 논에 모내기 직전에 논의 흙덩이를 부수어 흙을 부드럽게 하고 논바닥을 평평하

게 만들어 모내기하
기 좋게 만들었다.

어린 우리들은 학
교에 갈 때면 논두렁
길로 걸어 다녔고, 여
름이면 아이들과 함
께 냇가에서 수영을
하고 산에 올라 매미
를 잡고 식물 채집도
했다.

3형제 할아버지와
우리 할아버지는 매
우 가까우셨다.

당시 친 누님은 광
주리 장사를 하며 같
은 마을에 사셨다.

부모님 사진

3형제 중에서도 영태 할아버지는 시골에 오시면 꼭 누님 집에 쌀 한
가마니를 주시고 가셨다. 그리고 우리 집에서 꼭 식사하고 가셨는데
그만큼 어머님이 음식을 매우 잘하셨다.

나는 서울에 올라와 용산고등학교를 다닐 때도 방학이면 시골 할아
버지 집으로 내려와 소를 끌고 소에 먹이를 주는 소 뜯기는 일을 전담
으로 하였다. 소 뜯기는 일은 소를 풀이 많은 논두렁으로 데려가 풀을
뜯어 먹게 한다. 1, 2시간 정도면 소 배가 양옆으로 불러올 정도로 충
분히 먹는다. 그러면 "이랴, 이랴" 소리내며 소를 앞장서 집으로 끌고
갔다.

정말 아름답고 평화로운 어린 시절이었다.

뒤돌아보면 나의 어린 시절은 일제 강점기, 6.25 전쟁 등으로 평탄하지 않고 많은 위험들이 있었다.

그러나 하나님은 그때마다 기적처럼 어린 나를 지켜주시고 살려주셨다. 당시 교회를 전혀 가지 않았기 때문에 하나님을 몰랐고 예수님도 몰랐다.

그러나 믿음을 갖게 된 지금 생각해보면 하나님은 나를 미국 땅에 오게 해 예수님을 영접케 하고 하나님 영광을 나타낼 수 있는 많은 일들을 하기 위해서 살려주신 것으로 믿고 감사하고 있다.

사실 당시 하나님이나 예수 그리스도를 몰랐지만, 위기 상황에서는 "하나님 살려주세요."라고 부르짖었는데 하나님이 들어주시고 응답해 주신 것이었다.

첫 번째 죽음의 고비는 6살이 되던 1945년 어느 날이었다.

드디어 8월 15일 해방이 되자 일본인들은 도망치듯 마을을 떠났는데 급하게 떠나 곳곳에 위험한 폭발물들을 놓고 가기도 했다.

길에도 폭발물들이 그냥 떨어져 있는 경우가 많았다.

나는 어느 날 길에서 다이너마이트 같은 폭발물을 보고 신기하게 생각해 주워서 집으로 가져왔다.

집안이 추워 화로를 사타구니에 끼고 있었는데, 가져온 물건에는 심지가 달려있는 것을 보고 불꽃놀이를 하려고 화롯불로 심지에 불을 붙었다.

"피시식" 하며 심지에 불꽃이 일며 타기 시작하자 재미있어 "호호" 불기도 했다. 순간 쾅하고 터지는 소리와 함께 기절하고 말았다.

이 같은 끔찍한 사고에서도 하나님은 어린 나를 불쌍히 여기시고 살려주셔서 기적적으로 오른쪽 손가락 3개만을 잃었을 뿐 얼굴이나 몸도 다치지 않았다.

2차 대전 때나 6.25때는 이처럼 어린이들이 폭탄을 가지고 놀다가 숨지거나 다치는 사고가 많았다.

비록 손가락을 잃었지만, 그 후 80년 이상 건강하게 살고 있으니 정말 하나님의 사랑과 은혜에 감사하지 않을 수 없다.

두 번째 죽음의 고비는 대형 기차 탈선 사고였다.

중학교 1학년 때 나는 시골에서 멀리 영등포 학교까지 통학하며 공부해야 했다. 그날도 부천 인근 소사역에서 "칙칙 폭폭" 소리를 내며 달리는 증기기차를 타고 영등포로 향했다.

객차가 3칸인 이 기차는 아침저녁 주로 학생들의 통학용으로 사용되었다. 이 기차는 철로가 호수 중간으로 지나가게 되어 있어 여느 때처럼 호수 위 철로를 지나고 있었는데 중간에서 화통이 터져 꽝 하고 하늘로 치솟았다가 밑 호수로 떨어졌다.

객차 안에 서 있던 나는 꽝 하는 소리와 함께 시커먼 연기가 창문으로 들어오더니 우르르하는 소리와 함께 뭔가 무너져 내려 정신을 잃었다.

얼마나 지났을까 정신이 들어 살펴보니 호수 물속에 서 있었는데 배꼽까지 물에 잠겨 있었다.

객차가 위로 솟구쳤다가 밑으로 떨어지면서 밑바닥이 부서졌고, 그속에 있던 사람들이 밖으로 튕겨나간 것이었다.

이곳저곳에서 살려달라는 비명 소리가 들리고 부서진 객차에는 떨어져 나간 사람들의 팔이나 다리들이 걸려 있고 시신들이 널려있는 아비규환의 비참한 광경이 목격되었다.

살기 위해 호수에서 개헤엄을 쳐서 10미터 정도 거리의 해안으로 간신히 나가 주저앉았다.

어디 다친 곳이 있나 몸을 만져보니 아픈 곳은 있었지만 다행히 피를 흘리거나 다친 곳은 없었다.

놀랍게도 어느새 교복 윗도리가 없어졌고 모자, 가방, 신발까지 떨어져 나간 상태였다. 다른 것은 몰라도 가장 중요한 가방을 찾기 위해 다시 호수 속으로 들어갔다.

호수 위에는 수백 개의 가방들이 둥둥 떠 있어 내 가방은 찾을 수 없었다. 할 수 없이 좋은 가방 하나를 들고 나와 집에 가기 위해 길거리에 앉았다.

9.18 수복이 되지 않은 상태여서 교통편이 좋지 않았는데 사고 소식을 듣고 달려온 동네 친지 누나가 나를 보더니 병원으로 가야 한다고 말했다.

마침 미군 군용 트럭이 사고 현장에 도착해 환자들을 트럭에 싣고 있었다. 미군들은 나를 보더니 트럭에 올려줘 영등포에 있는 터키 병원으로 갔다.

그곳에는 수백 명의 환자들이 진료를 기다리며 아우성이었다. 마침 한 의사가 야전 침대에 누워 있는 나를 보더니 진단도 하지 않고 괜찮으니 집에 가라며 미군 트럭을 통해 집으로 보냈다.

집에 도착하니 사고 소식을 들은 부모님과 동네 사람들이 나와 큰 걱정을 했다.

집에 도착한 후 처음엔 아프지 않았던 머리가 매우 아파 동네 병원에 가시 진단을 받아보니 뇌진딩이라는 깃이냐.

뇌진탕으로 골이 울리고 아파 죽을 것 같아 한 달 반 동안 치료를 받아야 했다. 어느 날엔가 머리가 너무 아파 정신을 잃고 집에 누워있었는데 의사가 왕진을 왔다.

꿈인지 생시인지 모를 정도로 누워 있는데 의사가 부모님에게 하는 말이 아련히 들려왔다.

"이젠 준비하셔야겠습니다." 살아날 가능성이 없다는 말이었다.

부모로서 두 딸을 키워 본 지금 생각해보면 그 당시 부모님의 마음은 찢어졌을 것이다.

사랑하는 아들이 폭발 사건으로 손가락을 잃은 것도 가슴 아픈데 이제는 죽는다는 선고를 의사에게서 받았으니 얼마나 비통하셨을까 지금도 죄송한 마음이다. 그러나 나를 사랑하시는 하나님은 죽을 위기까지 갔던 나를 또 기적처럼 살려주셨다.

정말 위기 때마다 구원해주신 하나님께 감사하고 찬양하지 않을 수 없다. 할렐루야!

PART 02

또 하나의 죽음의 고비. 6.25 전쟁

아름답고 평화로웠던 날들이 어느 날 상상도 못했을 정도로 갑자기 깨졌다.   초등학교 5학년으로 11살이었던 1950년 6월 25일, 서울 사직동 집에서 휴일을 즐기고 있었는데 멀리서 쿵쿵하는 마치 천둥 치는 소리가 들렸다.

무슨 일인가 하고 집 밖으로 나가보니 맑은 하늘이었는데도 쿵쿵 소리가 계속 들렸다.

그런데 이상한 것이 보였다. 집 앞에서 바로 보이는 인왕산의 높은 바위산 위에 개미 같은 조그만 점들이 수없이 움직이고 있었다.

라디오도 없어 북한군이 이날 새벽 탱크를 앞세우고 갑자기 쳐들어 온 6.25 전쟁이 일어난지도 몰랐지만 이미 인민군이 38선을 넘어 파죽지세로 서울까지 쳐들어온 것이었다.

벌써 사람들은 전쟁이 발생했다는 소리를 듣고 놀라 어쩔 줄 몰라 했다. 이미 서울이 북한군에 의해 점령되고 국군은 남쪽으로 도주했다는 소리가 들렸다.

어느새 앞집에 사는 빨갱이를 비롯해 여러 공산당원들이 자기 세상이 되자 완장을 차고 여기저기를 왔다 갔다 했다.

앞집에 사는 사람은 평소엔 친절한 이웃으로 대해줘 그가 공산주의자인 줄 전혀 몰랐다. 그러나 공산당 세상이 되자 바로 완장을 차고 본색을 드러낸 것이었다. 소름 끼치는 일이었다.

계속해서 서울 중앙청이 점령되었고 많은 사람들이 죽었다는 흉흉한 소리도 마구 들렸다.

집에서 중앙청이 가까웠기 때문에 어린 나는 무서운 생각도 없이 무슨 일이 발생했는가 호기심으로 중앙청으로 구경을 나갔다.

가는 길 큰 도로엔 벌써 인민군들이 다발총을 들고 오토바이와 트럭을 타고 다녔고 특히 도로에는 죽은 사람들 시신도 그대로 방치되어 있었다.

처음 본 시신은 민간인 청년당원이었는데 목에 총구멍이 뚫려 있는 끔찍한 모습이었다.

생애 처음 본 처참한 시신이어서 지금도 잊지 못한다.

전쟁이 나고 북한군이 쳐들어와 사람을 마구 죽이는 등 세상이 어떻게 돌아가는 지도 모르는 난리법석인데 무서운 줄 모르고 이곳저곳을 구경하러 다녔다.

북한군은 갑작스레 38선을 넘어 남쪽으로 그냥 밀고 쳐들어왔기 때문에 서울이 쉽게 점령당했다. 나중에 한강 다리가 폭파되고 수원에서도 국군과 인민군과의 접전이 있었다는 소리도 들렸다.

인민군이 이미 남쪽까지 내려가고 많은 지역을 점령했다는 소리에 우리는 피난도 못하고 집에 그냥 남아 있어야 했고 공포에 떨어야 했다.

공산주의자 완장을 찬 사람들은 우리 집 등 많은 집들을 수색하고 다니며 젊은 사람들을 인민군으로 끌어갔다. 이들에게 끌려가지 않도록 아버지는 미리 집 마루 짝을 뜯어내고 땅 밑에 숨었다.

염려했던 것처럼 어느 날 완장 찬 공산당원들이 집에 들어와 수색을 시작했다. 그런데 지금은 70세가 넘었지만 당시 갓난아이였던 막내 여동생이 마루를 두드리며 "아빠 나와, 아빠 나와" 말하는 것이었다.

우리는 이 같은 아이의 소리에 들킬까 봐 간이 조마조마했다.

얼른 아이 입을 틀어막고 끌어안아 다른 곳으로 데려갔다.

다행히 공산당원들은 아이 소리를 칭얼거리는 소리로만 알았는지 못 알아들어 아버지는 무사했다.

그러나 그들은 고등학교 다니는 큰형님을 끌어갔다. 다행히 큰형님은 2, 3일 후엔가 돌아왔는데 고문을 당했는지 등잔등에 피멍이 있었다. 아마 아버지가 어디로 갔는지 알기 위해 어린 형에게 고문을 한 것 같아 공산당의 잔학함을 알 수 있었다.

그때는 남자가 12세, 13세만 되어도 인민군으로 끌어갔는데 나는 다행히 한 살 어린 11살 이어서 안 잡히고 무사할 수 있었다.

다 하나님 은혜였고 보호하심이었다고 감사한다.

피난을 가지 못한 가족은 할 수 없이 할아버지가 계시는 시골집으로 내려가 있었다. 다행히 6.25 발생 후 UN 군과 국군은 3개월 후 인천 상륙작전을 성공시키고 9월 28일 서울을 수복했다.

인천에 상륙한 UN군이 우리 동네를 지나 서울로 진격하는 모습을 태극기를 들고 환영하는 사람들 속에서 나도 지켜보았다.

특히 더글러스 맥아더 장군을 보았다.

서울로 진군하는 미군 행렬 중에서 지프차를 타고 있고 검은색 안경을 끼고 파이프 담배를 피우는 맥아더 장군의 사진을 후에 보았을 때 어디서 본 사람이다 생각했는데 바로 그때 본 것이었다.

부천 시골길은 도로 포장도 안 된 논두렁 긴창길이이시 딩크가 빠지는 바람에 지나가기도 어려웠다. 그러자 미군이 독특한 방법을 쓴 것을 지금도 기억하고 있다.

헬리콥터에서 구멍 뚫린 긴 철판을 길게 달아 위에서 밑으로 내리면 땅 위에서 크레인으로 철판을 쫙 폈다. 이 같은 철판들을 몇 개 펴서

바닥에 깔면 탱크가 지나갈 수 있는 단단한 철판 도로가 순식간에 만들어졌다.

또 우리 동네는 현재 인천 공항 전신인 김포 비행장 옆에 있어서 산에 올라가면 김포 비행장 활주로가 다 보였다.

전쟁 중 북한군에 점령된 중요한 비행장을 탈환하기 위해 UN군 제트전투기들이 비행장을 폭격하는 것을 여러 번 보기도 했다.

우리들은 미군 F86 세이버 제트기를 '쌕쌕이'라고 불렀다.

제트기가 보이기도 전에 먼저 "쌕" 소리가 나고 제트기가 나타날 정도로 빨랐기 때문이었다.

친구들과 함께 산에서 보니 인민군에게 공포의 대상이었던 '쌕쌕이' 제트기들이 비행장을 폭격하기 위해 "쌕" 굉음을 내며 산 양쪽 밑으로 기어간다는 표현이 더 정확할 정도로 아주 낮게 날아왔다. 그리고 순식간에 폭격하고 창공 위로 상승하는 광경을 여러 차례 봤다.

위험했던 웃지 못할 일도 있었다.

마을엔 나 같은 어린 또래가 많았다. 전쟁 중에서도 철없는 우리들은 산에 올라가 재미있게 놀았다.

어느 날은 산에 올라가 함께 병정놀이를 했다.

아이들은 군인들이 군사훈련이나 전쟁을 하는 것처럼 흉내 내기 위해 나뭇가지와 풀을 옷에 걸쳐 위장하고 나무 막대기로 총을 만들어 서로 쏘고 죽는 시늉을 했다.

편을 갈라 신나게 정신없이 놀고 있는데 저 산 아래에서 여러 군인들이 총을 들고 죽 일렬로 서서 포위하듯 올라오는 것이 보였다.

순간적으로 군인들이 우리들을 진짜 인민군으로 알고 잡으러 왔다는 생각이 들었다. 아마도 비행기에서 우리들을 인민군으로 생각해 국군부대에 연락, 군인들이 산으로 인민군들을 잡으러 출동한 것 같았다.

나는 "아이고 큰일 났다. 안되겠다, 빨리 내려가자"라며 친구들에게
알렸다.

우리는 얼른 옷에 붙어 있던 나뭇가지와 풀들을 버리고 다른 쪽으로
산을 내려가 다행히 군인들을 만나지 않고 무사할 수 있었다.

전쟁 당시 부모님은 서울 집에 사셨고 할아버지, 할머니는 시골집
을 지키고 계셨다.

서로 무슨 알릴 일이 있으면 11살 어린이라 검문도 받지 않고 자유롭
게 통행할 수 있는 내가 연락병이 되어 두 곳을 걸어서 왔다 갔다 했다.

보통 걸어가는 시간은 5, 6시간이지만 지체되는 일이 생기면 하루
종일 걸어가는 날도 많았다.

걸어가는 도중 여러 피난민 대열을 만나고 길 옆에 많은 죽은 시신
들이 버려져 있는 처참한 광경들도 곳곳에서 목격했다.

수많은 피난
민들은 아낙네
들이 피난 보
따리를 머리에
이고 가고 있
었고, 지게에
짐을 잔뜩 싣
고 가거나 등
에 짐을 진 소
년들이 있는가

6.25 전쟁당시 피난민 행렬 (사진 슈트름게슈쯔)

하면 소가 끄는 수레에 큰 짐을 싣고 가는 가족들도 있었다.

더구나 피난민들 행렬을 인민군으로 오인했는지 가끔 '쌕쌕이' 제
트기가 갑자기 나타나 기관총을 지상에 드르륵 하고 쏘거나 폭격을 할

때도 있었다.

피난민 행렬에 끼어가던 나도 '쌕쌕이'가 나타나 기총 소사를 하거나 폭격을 하면 살기 위해 무조건 귀를 막고 땅에 엎드리거나 논두렁 아래로 숨어야 했다.

불행히도 숨진 피난민들도 있었는데, 폭격으로 죽은 아이를 업고 울부짖으며 뛰어가던 한 어머니의 비참한 모습 등 아비규환의 전쟁통에서 처참한 비극 장면들을 다 봤다.

6.25 전쟁당시 피난민 행렬. (사진, 슈트름게슈쯔)

9.28 서울 수복 후 UN군과 국군은 38선을 넘어 북한으로 진격해 압록강, 두만강 지역까지 올라갔다. 그러나 중공군의 개입과 인해 전술로 인해 1.4 후퇴를 시작해 서울을 다시 뺏겼다.

중공군이 여자를 겁탈하고 아이는 자루에 넣고 매쳐 죽인다는 별의별 흉흉한 소문이 들리자 우리 가족도 중공군을 피해 남쪽으로 피난 가야 했다.

이번 피난은 우리 식구들뿐만 아니라 할아버지, 할머니, 삼촌, 사촌댁 가족까지 수십 명이 함께했다. 길에 나서니 이미 많은 사람들이 피난길에 올라 있었다.

우리 가족은 마차에 피난 짐을 잔뜩 싣고 사람들은 걸어갔다. 나는 나보다 더 큰 이불 보따리를 짊어졌다.

우리들은 우선 남쪽 경기도 안산 고모 집으로 갔다.

고모는 이미 다른 곳으로 피난했기 때문에 고모 집에 머물렀다. 다행히 고모가 땅에 숨겨둔 쌀과 음식이 있어 큰 도움이 되었다.

그러나 중공군이 이미 우리보다 더 남쪽인 수원까지 점령했다는 소리에 더 갈 수 없었다. 그래서 제일 위험한 아버지, 형들은 남쪽으로 다시 피난을 갔고, 나머지는 고모 집에 남았다.

고모 집에는 할아버지, 할머니, 어린 동생들과 사촌들이 있어 11살인 내가 가장이 되었다.

남쪽으로 떠나기 전 아버지는 "동생들과 사촌들보다 네가 나이가 더 많으니 네가 할아버지, 할머니를 잘 지켜드려라"라고 당부했다.

사실 동생들이 나보다 어려서 무슨 일이 생기면 식구들은 나만 쳐다보았다.

나는 가장으로 책임을 지고 매일 산에 가서 나무 땔감을 구했다. 먹을 것은 고모가 땅속에 숨겨둔 음식을 파먹었다.

그러나 중공군이 여자를 성폭행하고 어린이까지 죽인다는 소문이 더 가까이 들리자 할아버지는 "이곳도 위험하니 네가 어머니, 누이, 삼촌 댁 여자들을 데리고 떠나라, 나는 어린 아이들과 함께 여기에 남겠다."라며 떠날 것을 독촉했다.

다시 할아버지, 할머니와 헤어져 어머니와 우리 일행은 고모 집을 나와 무작정 남쪽으로 피난을 나섰다. 처음 피난할 때 우리 집 머슴도 같이 따라왔다.

머슴은 무거운 쌀자루를 지고, 나는 나보다 더 큰 이불 보따리를 지고 서해안 바다 쪽으로 해서 남으로 내려갔다.

가던 중 안산에서 유명한 야목 다리가 나왔다. 이 다리는 바다 위로 놓여진 철교였는데 철도와 침목만 있어 밑이 다 보이고 떨어지면 물에 빠져 살지 못하는 위험한 곳이었다.

우리 앞에 가던 피난민들이 다리를 건너는 모습이 보여 우리도 쉽게 다리를 건너려 했다. 그러나 막상 가까이 와보니 정말 밑으로 떨어지면 죽는다는 무서운 생각이 들어 우리들은 그냥 땅에 주저앉아 어쩔 줄 몰라 했다.

나뿐만 아니라 어머니, 누님, 삼촌 댁도 앉아 걱정만 했다. 그러나 내가 앞서지 않으면 평생 그곳에만 앉아 있을 것이라는 생각이 들어 내가 먼저 가야겠다는 생각이 들었다.

가만히 생각해보니 나는 나보다 더 큰 이불을 지고 있기 때문에 만약 침목 밑으로 빠져도 이불이 걸려 떨어지지 않을 것이라는 믿음도 들었다.

생각은 그렇지만 막상 철교를 건너려니 정말 무서워 벌벌 떨며 조심조심 다리를 건넜다. 다리도 상당히 길어 정말 손에 땀이 나고 오금이 저렸다.

간신히 건너는 데 성공한 후 나는 돌아서서 다들 빨리 건너오라고 소리쳤다. 어머니도 내가 건넌 모습을 보고 용기를 내서 건너고, 그다음 누나, 삼촌 댁 순으로 건너갔다.

마지막으로 머슴만이 남았다. 그러나 40대 어른인 머슴이 "아주머니, 저는 못 가겠습니다."라며 아예 주저앉아서 울었다.

여기서 죽을지언정 건너지 못하겠다고 버티자 어머니가 빨리 건너오지 못하겠느냐고 호통을 치셨다.

어머니는 교육을 받지 못했고 평소에는 매우 순하시지만 리더십이 있어 이같이 호통을 치신 것이었다.

이 같은 강단한 성격을 알기 때문에 아버지도 어머니 앞에서는 함부로 하지 못할 정도였다. 어머니는 공부를 하지 못해 지식은 없었지만 하나님이 주신 지혜가 있으셔서 가정이나 동네에서도 어머니 말에는 모두 수긍하고 따라주었다.

아버지는 엄격하셨지만 지혜로운 어머니 말씀도 잘 들어주셔서 집안 머슴이나 식모 관리도 모두 어머니가 의견 충돌 없이 잘하셨다.

힘든 일은 잘하는 머슴인데도 정말 겁쟁이였다.

할 수 없이 철교를 건너는 데 아예 네발로 엎드려 기어갔다. 그러나 얼굴을 엎드리니 침목 사이로 깊은 밑이 더 잘 보이자 더 겁을 내었다.

그는 중간에서 "아주머니 나 좀 살려주세요." 하고 울며 쇼를 하는 등 간신히 건너는 촌극이 있었다.

우리 일행은 이날 저녁 어느 집 처마를 빌려 간신히 잠을 잤다. 정말 모두가 몰골이 아니었고 피곤해 그냥 쓰러져 잤다.

다음날 다시 남쪽으로 출발하는데 오히려 남쪽에서 우리 쪽으로 올라오는 피난민들을 만났다. 그들은 중공군이 이미 더 남쪽까지 점령해 막혔으니 내려가도 소용없다고 말했다.

그 소리를 듣고 우리들은 잔인한 중공군을 만나면 죽을까 봐 염려하고 할 수 없이 다시 고모 집으로 돌아가기로 했다.

그래서 하루 저녁만 잔 후 다시 무서운 야목 철교 다리를 또 건너 고모 집으로 돌아갔다.

집에 돌아오니 할아버지가 그렇게 반가워할 수 없었다.

할아버지는 "잘 왔다, 잘 왔다." 기뻐하시며 "이제는 헤어지면 못 사니 죽어도 같이 죽고 살아도 같이 살자."라고 말했디.

그래서 우리들은 고모 집에서 다시 서울이 수복될 때까지 피난을 가지 않고 그냥 살았다.

고모 집이 있는 마을은 불과 6채 정도의 초가집들만 있는 조그만 마을이었다. 특히 마을이 UN군과 인민군 진지 중간에 위치해 있어 우리는 아주 많은 위기와 어려움을 겪어야 했다.

언젠가는 머스탱 전투기 4대가 하늘에서 뱅뱅 돌고 있었다. 분명 마을을 정찰한 후 인민군이 있으면 폭격할 것이었다.

폭격이 시작되면 몇 채 안 되는 우리 동네는 모두 폭삭 무너져 죽을 형편이었다.

나와 식구들은 모두 방에서 이불을 뒤집어쓰고 폭격으로 집이 무너져도 살 수 있기를 기도했다. 그러나 이불을 뒤집어써도 집이 무너지면 모두 죽을 것이라는 생각이 불현듯 들었다.

나는 이불을 뒤집어쓰고 벌벌 떨고 있는 가족들에게 모두 일어나라며 태극기를 가지고 밖으로 나가자고 외쳤다.

나뿐만 아니라 다른 피난민들까지 가지고 있는 태극기를 들고 집 마당에 나와 비행기를 향해 태극기를 마구 흔들었다.

태극기를 흔든 탓인지는 모르지만 머스탱 전투기는 우리 동네에 폭격을 하지 않고 다행히 그냥 떠나 무사했다.

11살이었던 내가 어떻게 그런 아이디어를 냈는지 지금도 생각하면 대단하다. 그러나 당시 절체절명의 위기가 닥치니 그런 아이디어가 나왔다고 본다.

이런 일도 있었다.

우리 마을이 UN군과 공산군 사이에 위치해 있다 보니 UN군에서 쏘는 폭탄이 잘못해 중간에 있는 우리 마을로 떨어지는 경우가 많아 위험했다.

마을에서도 보이는 UN군 진지에서 박격포탄을 쏘면 쌩하고 마을을 지나가는 소리가 들리고 조금 있다가 반대편 인민군 지역에서 꽝하는 천둥소리와 화염이 치솟는다.

어떤 때는 폭탄이 지나가는 소리조차 듣지 못했다. 그 경우에는 폭탄이 바로 우리 동네 집 앞, 옆에까지 잘못 떨어져 정말 무섭고 겁이 나 살 수 없을 지경이었다.

폭격으로 인해 잘못하면 우리가 죽을 수도 있다는 우려가 들자 나는 우리 마을 사정을 알려야겠다는 생각으로 긴 막대기에 태극기를 달고 UN군 진지 쪽으로 혼자 걸어갔다.

가다가 인민군으로 몰려 총격으로 죽을 수도 있지만 이판사판 이래도 죽고 저래도 죽을 수 있다는 생각에 태극기를 단 막대기를 들고 UN군 진지로 갔다.

걸어가는 도중 앞에 있는 UN군 진지에서 쿵쿵하며 뭔가 쏘는 것 같은 소리가 들리더니 바로 앞에서 꽝 하는 소리와 함께 하늘에서 폭탄 파편들이 마치 삐라 뿌리는 것처럼 퍼져 내렸다.

UN군 측에서 내가 있는 쪽으로 포격을 가한 것이었으나 나는 무섭다는 생각 없이 빨리 그쪽으로 가야만 한다는 생각으로 계속 걸어갔다.

지금 생각하면 무섭고도 웃기는 이야기이지만 실제 상황이었다.

UN군은 이상한 어린이가 폭격 속에서도 막대기를 들고 걸어오는 모습을 보고 무엇을 하려는지 이상한 생각으로 나를 붙잡았다.

미군은 말이 통하지 않자 통역관을 불렀다. 통역관은 "너 임마 뭐 하는 거야?"라고 이상한 놈 취급을 했다.

"아저씨 나는 저 동네에 사는데 그곳에는 인민군이 없어요. 민간인들만 있고 나쁜 사람들두 없는데 왜 자꾸 대포를 쏘세요. 쏘지 마세요."

어린 내가 당차게 이야기하자 통역관도 기가 막혀했다.

어쨌든 말이 통했는지 모르지만 그다음부터는 우리 마을에 대포가 떨어지지 않고 더 안전하게 되었다.

그러나 밤이 되면 양측 정보원들이나 정찰병들이 살짝 마을에 들어와 수색을 하고 가는 경우도 있었다. 또 마을이 전쟁 상황에 따라 인민군 손에 들어갔다가 다시 국군에 의해 탈환되었기 때문에 마을에 진짜 인민군이 들어오기도 했다.

우리는 중공군이나 인민군으로부터 여성들을 보호하기 위해 방에다 불을 잔뜩 때고 어머니와 숙모들에게 이불을 뒤집어쓰고 눕게 했다.

집안에까지 인민군들이 들어왔으나 여자들이 염병에 걸려 누워있다고 말했다.

당시 염병은 현재의 코비드보다 더 무서운 전염병이었기 때문에 인민군들은 그 말을 듣고 그냥 돌아갔다.

언제가 인민군들은 집으로 잡아온 개를 요리해 달라고 가져오기도 했다. 그곳에 있는 인민군들은 그래도 인간적이었는지 마을에 들어와 무고한 양민을 학살하지도 않고 집을 불태우지도 않았다.

인민군들이 물러나고 고모 식구들이 피난에서 돌아오자 다시 부천 할아버지 집으로 무사하게 돌아갈 수 있었다.

정말 6.25를 겪으며 상상하지도 못한 숱한 죽을 고생과 끔찍한 경험들을 겪었다.

뒤돌아보면 수많은 위기 속에서도 하나님이 보호하여 주시고 살려 주셨다. 6.25 때만 아니라 지금 85평생 모든 위험 속에서도 하나님이 다 살려 주셨다.

지금도 집에서 아내와 함께 매일매일 가정 예배를 드릴 때 나는 "내 인생 전체는 하나님 사랑과 은혜로 살고 있다."라고 감사하고 있다.

2부
학창시절

PART 03

'총각색시' 와 '주당당수'

수복 후 시험을 쳐서 용산고등학교를 다녔다. 이제는 평준화가 되어 명문학교라는 말이 없어졌지만, 당시에는 서울에 5대 명문 공립학교가 있었는데, 경기, 서울, 경복, 용산, 경동 고등학교였다.

우리는 영등포 도림동에 방 하나를 얻었는데, 혼자 된 큰누님과 함께 나를 비롯한 형제 3명으로 총 4명이 좁은 한 방에서 살았다.

당시에는 지금처럼 놀 것도 없고 갈 곳도 없어 오직 공부만 하였다. 학원도 없어 혼자 공부하였지만, 수학만이 부족해 서울 의대에 다니는 둘째 형님에게 자주 물었다.

그때마다 형님은 "가르쳐준 것 또 물어보느냐" 하며 내 머리에 군밤을 먹여 눈물이 나기도 했지만, 우등생이 되기 위해 맞으면서도 열심히 공부를 했다. 그 형님은 의대 졸업 후 의사로 일하시다 지난해 92세로 하늘나라로 가셨는데, 공부를 잘 가르쳐 주신 고마운 형님이었다.

영등포에서 용산에 있는 학교를 가려면 버스를 타고 왕복 3, 4시간이나 걸렸다. 나는 3, 4시간이니 통학에 소비하는 것이 공부에 너무 아까운 시간이라고 생각했다.

대학입시 날이 가까워지자 내가 통학하는 3, 4시간에 공부하는 학생들에게 뒤떨어질 것이라는 걱정이 몸살이 날 정도로 들었다.

그래서 서울 직장 인근에 사시는 아버지를 찾아가 학교 근처에 한

두 달 동안만 하숙하면 통학시간 3, 4시간에 공부를 더 할 수 있을 것이라고 하숙을 요청했다.

아버지는 한참 동안 말씀이 없으셨다. 그리고는 말씀하셨다. "너는 내가 잠을 어디서 자는 줄 아느냐? 나는 사무실 의자에서 잠을 자고 있다."

아버지의 이 같은 말에 나 혼자 좋으라고 하숙을 원했던 내 자신이 부끄러워 쥐구멍이라도 들어가고 싶었고 빨리 벗어나고 싶었다.

용산고교 시절

아버지는 용돈을 주면서 "어디에 있든지 열심히 공부하면 된다"라고 말했다. 정말 미안하고 죄송해 도망치다시피 했다.

고교 시절 학교에 다니며 한눈팔지 않고 오직 공부에만 열중했기 때문에 내 별명은 '총각색시'였다.

책가방 들고 버스 타고 학교에 가고, 학교에서 돌아와서는 단칸방에 있는 책상에 앉아 공부만 하는 나를 보고 동네 여자들은 이렇게 불렀다.

그러나 반면에 얌전하게 공부만 잘하는 사람은 사회에 나가선 열등생이 된다는 말이 많기 때문에 내 성격을 좀 터프하게 고치고 싶었다.

그래서 고3 학년 때 공부를 잘하는 학생들 중에서도 성격이 터프하고 좀 괄괄한 학생들을 골라 사귀었다.

우리 6명은 방과 후에도 학교에 남아 교실 문을 잠그고 공부를 하면서 사귀었다.

그러던 어느 날 교장 선생님이 교실을 순시하다가 우리를 발견하고 문을 열려고 했으나 잠가진 것을 발견하고 불량학생으로 몰아 담임선생에게 알렸다.

우리들은 남아서 공부하려 했다고 설명했으나 교장선생님은 믿지 않았다. 그러나 담임선생님들은 우리가 상위 1, 2등하는 학생들이기 때문에 오히려 괜찮다며 교실에 남아 공부하도록 승인해주었다.

그러다 보니 어떤 때는 학생들이 기분풀이로 소주를 사와서 교실에서 마시기까지 하게 되었다.

그럼에도 불구하고 우리들은 삐뚤어지지 않고 공부에 열심을 다해 결국 6명 모두 서울대에 진학했다.

이중 한 명은 행정고시에 합격해 노태우 대통령 시절 교통부 장관을 역임하기도 했다.

공부를 열심히 한 덕분에 1958년 서울대 법대에 합격해 진학할 수 있었다.

그러나 학교에서 우등생이 사회에선 열등생 된다는 말처럼 내가 그렇게 되는 것 아닌가 하는 생각이 들어 이제 희망하는 대학에도 합격을 했으니 1년 동안은 좀 걸걸하고 털털한 친구들을 사귀면서 내 성격을 좀 고쳐보자 하는 생각을 갖게 되었다.

그래서 그러한 친구들과 가까이 하면서 마음껏 자유함을 만끽하면서 친구들과 어울려 술, 담배를 하기 시작했다

이상한 것은 다른 친구들은 술을 마시면 의례히 혀가 구부러지거나, 길음길이가 비틀거리거나 하는 증상이 나타나는데 나는 술을 마셔도 얼굴도 붉어지지 않고, 그런 증상이 나타나지 않으니 의례히 술판 뒷정리는 내 몫이 되곤 했으니 그때부터 '주당당수'라는 명예롭지 못한 별명이 주어졌다.

그 별명은 그 후 사법고시 3번의 1차 합격, 2차 낙방이라는 실패 후

에 찾아 들어간 생애 첫 직장인 농어촌개발공사 근무 시절까지도 이어졌다. 그래서 직장에서 술 상무 노릇을 자랑스럽게 도맡아 하기도 했다.

이처럼 걸걸한 친구들과 사귀다 보니 대학 시절 술과 담배를 했지만 미국 이민 후에는 저절로 하지 않게 되어 놀랐다. 이것도 다 하나님의 은혜였다.

가장 어렵다는 서울대 법대에 들어간 이유가 있었다.

우리 집은 큰형이 고대 상대, 둘째는 서울 의대, 셋째는 서울 농대에 다녔다.

그러자 큰형님이 "나는 상대를 나와 장사하거나 은행에 다녀 돈 벌어 가족 부양하고, 둘째는 의사가 되어 가족 건강을 책임지고, 셋째는 농사를 배워 시골 농사를 돕고, 넷째는 판사가 되어 집안 법적 문제를 도우라"고 명령 아닌 명령을 해서 내가 법대를 지원한 것이었다.

그러나 대학에 들어가 보니 학생들은 2학년 때부터는 학교에서 강의를 듣기보다는 사법고시 준비를 위해 책을 싸들고 학교 대신 절간에 들어가 공부하는 날이 더 많았다.

결론적으로 3번이나 고시 시험을 봤는데 1차는 모두 합격했지만 2차에서 불합격되어 결국 고시시험을 포기하고 64년에 대학을 졸업했다.

지금 생각해보면 서울대 법대를 들어간 것이 잘못되었다는 생각도 들지만, 믿음을 갖고 보니 모든 것이 다 하나님의 계획과 섭리 안에 이뤄졌다는 것을 깨닫고 후회 없이 감사하고 있다.

만약 남들이 부러워하는 서울대 법대를 나와 고시에 합격했다면 판검사가 되어 권력과 부귀영화를 누릴 수 있었을 것이다. 그러나 그 부귀영화나 권력도 잠깐이고 나중에 감옥살이를 하고 불명예 인간으로 역사에 낙인찍히는 것도 많이 보았기 때문에 하나님이 미리 막았다고 본다.

더군다나 내가 한국에서 그런 부귀영화나 권력을 누렸다면 세상에 빠져 가장 귀하고 중요한 예수님을 믿는 신앙조차 갖지 못했을 것이기 때문에 하나님이 그 길을 원하지 않으셨다고 감사하고 있다.

대학 2학년 때였다.

이승만 정권 당시 3.15 부정선거에 항의 시위하던 김주열 학생이 실종된 후 경찰이 쏜 최루탄이 눈에 박힌 그의 시신이 4월 11일 마산 앞바다에서 발견되었다.

이로 인해 큰 국민적 공분이 일어나고 결국 4.19 혁명을 일으키게 되었다. 강의실에 모였던 우리 법대 학생들도 이 같은 소식에 분노하여 시위에 참가하기로 하고 캠퍼스를 나와 종로 5가로 행진해 국회의 사당까지 데모했다.

시위대들은 구호를 외치며 중앙대, 건대 학생들과 함께 경무대로 가기 위해 중앙청을 끼고 효자동으로 올라갔다.

그런데 북쪽에서 경찰이 총을 쏜다는 소리가 들렸다. 우리들은 마침 도로 공사를 위해 놓여있던 중장비를 굴리면서 총탄을 대비하고 나아갔다.

그러나 중간쯤 가니 앞에서 탕탕 총 쏘는 소리가 연속적으로 들리더니 옆으로 시위 학생들이 픽픽 쓰러졌다.

우리들은 경찰이 시위대에 진짜 발포하는 것을 알고 심각성을 깨닫고 옆 골목으로 피신하기 시작했다.

이후 사태는 더 심각해져 시위대도 경찰과 충돌하였는데, 불량차림의 청년들도 시위대 대열에 끼기도 했다.

나의 경우도 깡패 같은 한 사람이 도끼를 들고 시위대에 끼어 있는 것을 보았다. 마침 한 경찰이 피를 흘리며 골목으로 피하자 그 사람은 도끼를 들고 저놈 죽여야 한다고 따라갔다.

나는 막다른 골목에서 벌벌 떨고 있는 경찰에게 도끼를 휘두르려는 깡패를 말렸다.

"저 사람도 경찰복을 벗으면 우리처럼 데모할 사람이니 도끼를 내려놓아라"라고 설득했다.

그러자 그 깡패도 도끼를 내려놓아 경찰관이 살 수 있었다.

도끼를 든 깡패를 설득하지 않았으면 그 경관이 죽었을지도 모른다는 당시 상황으로 내가 겪은 4.19를 지금도 잊지 못한다.

이승만 대통령의 하야로 사태가 수습된 후 다시 학교에 복교했는데, 첫 강의 시간에 민법 교수가 한 말이 지금도 기억난다.

"우리는 너희들에게 부끄럽다. 너희들은 위대한 일을 했다. 감사하다. 그러나 꼭 부탁할 것이 있다. 삐뚤어진 것을 바로 세우려면 잡았던 것을 원위치로 돌려야 하는데, 원위치로 바로 세우려면 예전보다 더 돌려야지 그렇지 않으면 도로 예전으로 돌아간다는 것을 잘 알고 처신하길 바란다"라고 말했다.

그 교수 말대로 4.19 혁명으로 민주주의가 정상으로 돌아가는가 했더니 뜻하지 않은 5.16 군사 정변이 일어나 박정희 군사 독재 정권이 들어서게 되었다.

5.16 군사 정변이 터지자 나는 학교에 가지 않고 절에 가거나 부천 집으로 가서 고시 공부를 했다.

이처럼 4.19와 5.16 등 격변적인 한국 정세로 학교가 휴교하는 날들이 많아 대학생활은 반밖에 못하고 반은 절간이나 시골에서 술을 마시고 고시 공부를 준비했다.

3부

생애 첫 직장시절과 결혼

PART 04

해외 진출의 꿈을 잉태케 한 농어촌개발공사

대학 졸업 후 3번 도전한 고시 시험에 낙방하자 시험을 포기했다.

당시 고시 지원생은 1만5,000명인데 불과 1년에 7,8명만 뽑아 정말 하늘에 별 따기로 어려웠다.

지금 생각해보면 하나님은 나를 태평양을 건너오게 하기위해 고시 공부를 중단시키고 다른 방법을 선택하셨다. 그래서 고시에 합격하지 않은 것에 지금은 정말 감사하고 있다.

당시 박정희 대통령은 5.16 군사 정변으로 정권을 잡은 뒤 농업을 중시한다는 중농정책을 펴고 한국농어촌개발공사를 설립하고 최장수 농림부 장관을 역임했던 차균희씨를 1967년 총재로 임명했다.

그리고 그에게 마음껏 중농정책을 실시하라며 3년 동안 감사도 하지 않을 정도로 백지위임을 했다. 이에 따라 처음으로 회사가 유능한 인재를 공개채용으로 뽑았다.

직장 잡기가 어려운 시대여서 수많은 사람들이 응시했는데 나는 12명 중 한명으로 합격해 첫 직장이 되었다.

회사에 출근힌 첫날 치균희 총재는 신입사원 12명을 앞에 세워두고 "너희들은 농공 분야에서 사관생도"라고 축하하고 "너희 생활은 내가 다 책임질 터이니 그 대신 일을 남보다 2,3배나 더 하도록 열심히 뛰어라"고 훈시했다.

우리들의 삶을 다 책임진다는 말처럼 정말 대우가 좋았다.

당시 제일 대우가 좋은 한국은행이나 석탄 공사의 급여 규정을 가져와 이보다 더 좋은 대우를 해주고 3.1절을 비롯해 어린이날, 광복절 등에는 보너스도 주어 신이 났다.

당시 미혼이었기 때문에 생활에서 용돈이 떨어지지 않을 정도로 대우가 좋은 직장생활을 했다.

첫 근무처는 총무부 용도계였다. 신입사원이라 아무것도 모르고 시키는 대로 일만 열심히 했다. 나중에 알고 보니 물건을 구입하는 부서여서 노른자위였다.

다음에는 임원들의 차량관리를 맡은 일을 했다. 10여명 이상의 운전기사에게 개스 전표를 끊어주는 일을 했는데 한 운전기사가 개스가 떨어졌다며 너무 자주 전표를 요구했다.

알고 보니 그 운전기사는 회사 차량으로 임원 출근을 시킨 후에도 부인의 시골농장을 가는 등 사적인 용도로 쓰고 있었다. 이것은 회사 규정에 어긋나는 것이었다.

더구나 그 임원은 자기의 차량을 회사에 임대해 돈을 받으면서 회사 차량을 사적으로 쓰고 있었다. 이 같은 부조리를 알고 이제 대학을 갓 졸업한 신입사원이지만 이를 용납할 수 없어 법대 선배인 총무부장에게 말해 임원 차량 임대를 해약 하겠다고 주장했다.

누군가 고자질을 했는지 총무이사가 불러서 갔더니 새까만 신입새끼가 아무것도 모르면서 까분다고 호통을 치는 것이었다. 그렇게 혼이 나기는 했지만 결국 그 임원은 차량 임대를 해약하고 사적으로 회사 차량을 쓰지 않게 되었다.

그 다음은 상역부로 배속되었다.

그 직장에서 배속된 부서에서 배우기 시작한 업무(수출입 업무)가 내 삶의 방향을 American Dream을 꿈꾸는 미국으로, 그리고 거기서 다시 Kingdom Dream을 꿈꾸는 교회로 인도하셨다.

이것이 크고 비밀하신 우리 하나님의 섭리요, 계획이었다는 사실을 수십 년이 지난 이제야 "아하, 그랬었구나." 하는 깨달음에 그저 하나님께 꿇어 엎드려 감사드리는 것 외에 할 수 있는 것이 무엇일까 생각해본다.

수출입 업무를 담당하는 상역부라고는 하지만 1960년대에 한국에서, 그것도 특히 농산물 중에서 외국으로 수출할 수 있는 물건은 정말 거의 전무한 실정이었다.

기껏해야 강원도 산골에서 딴 천연송이를 받아다가 김포공항으로 되도록 빨리 가지고 가서 일본으로 공수하거나, 갯벌에서 아낙네들이 채취한 조개를 수집해서 일본으로 보내는 것 정도의 보잘 것 없는 수준이었다.

그래서 수출할 수 있는 품목을 개발해 보자고 해서 착안한 것이 당시에 Non fattening food 라고 해서 외국에서 수요가 점점 수요가 늘어나는 양송이를 가공해서 수출하는 방법을 집중적으로 연구하기 시작했다.

당시에 농부들이 소규모로 재배하기 시작한 것에 착안하여, 이들에게 미리 생산전도자금을 지급하고 제품 생산되면 그 수출을 우리 공사에서 책임지고 그 수출대금으로부터 이미 지급된 생산전도자금을 회수하는 방식으로 사업계획을 세웠다.

양송이 수출에도 어려움이 많았다. 통조림 깡통조차 만들지 못해 일본에서 빈 깡통을 수입해와 빈 통에 양송이를 담아서 뚜껑을 덮는 일밖에 하지 못했다.

지금처럼 인터넷이나 이메일도 없어 텔레그램으로만 외국과 연락을 해야만 했다. 여러 나라에 한국 양송이 수출 건을 알리고 바이어를 찾았는데 마침 독일의 한 바이어가 텔렉스를 통해 관심을 보였다.

뿐만 아니라 그는 직접 한국으로 찾아왔다. 문제는 그가 영어를 하지 못해 말이 통하지 않았다. 마침 외국어대 독문과에 다니던 여동생의 통역 도움으로 마침내 계약을 성사시켰다.

그는 한국 양송이에 만족해 얼마든지 생산하면 사주겠다고 까지 할 정도였고 이 같은 노력으로 2년 만에 150만불의 수출 실적을 올릴 수 있었다.

그 당시에 150만 불의 수출 실적은 박정희 대통령이 당시 공사의 총재인 차균희씨에게 공로 훈장을 줄만큼의 엄청난 쾌거였다.

특히 어렵게 시장개척을 해놓은 유럽 쪽에서는 얼마든지 더 가져가겠다는 고무적인 시장 반응이 우리를 더욱 열광케 만들었다.

그러나 호사다마라고 우리보다 규모면에서 몇 십 배 큰 농협이 양송이 수출하겠다고 뛰어들었고 엎친 데 덮친 격으로 중국에서 덤핑 가격으로 엄청난 물량이 쏟아져 나오는 바람에 시장질서가 엉망이 되었다.

이제까지는 앉아서 물건을 팔았는데 해외에 나가서 Buyer를 찾아다니며 팔아야하는 사정변경이 생겨 1972년 유럽 출장명령을 받고 내 생애 처음으로 해외 바람을 쏘이면서 이제까지는 전혀 상상도 못하던 방향으로 내 인생의 방향 전환이 이루어졌다.

한 달간 출장 중에 마음에 다짐하고 또 다짐한 것은 "나는 무슨 수를 써서라도 넓은 세상에 나가서 한번 살아 볼 것이다." 또 "그동안 배운 수출입 계통의 일을 하면서 한국에도 들락날락하면서 살아야 하겠다." 하는 생각이었다.

그러나 일단 귀국을 하게 되면 단수여권인 내 여권은 무효가 되어 더 쓸 수가 없게 될 터이니 이것을 최대한 살려 놓아야 하겠다는 생각

으로 독일 Hamburg에 있는 영사관을 찾아가서 일시 귀국허가를 받았다

일시 귀국허가를 받으면 귀국 후 6개월간은 여권이 살아있어 그 기간 내에는 다시 출국할 수가 있다고 들었기 때문이다

이렇게 귀국을 한 후에 "앞으로 6개월이다. 6개월 안에 결단을 하지 못할 경우에는 다시는 이런 기회를 만나지 못할 것이다."라고 결심했다.

그러나 당시에 외국에 어느 누구도 연줄이 전혀 없어서 막막하던 차에 양송이 생산업자 중에 내 손을 통해 농어촌개발공사로부터 생산전도자금도 수시로 받아가고 더욱이 미국 Seattle에 집이 있어 미국 현지에서 회사를 차려 놓고 미국 구석구석을 직접 뛰어다니며 세일즈 하고 다니는 J씨에게 슬쩍 내 뜻을 보였다.

그랬더니 첫마디에 어렵지 않게 "변 형이 원하기만 한다면 시애틀 사무실에 자리 하나 마련해 줄 뿐 아니라 영주권도 받게 해주겠다."는 것이다

그 말에 아주 뜻밖에 쉽게 마음의 결정을 했다. 그러나 아내의 마음이 염려스러웠다. 아내가 쉽게 동의를 할까 걱정스러운 마음으로 그간의 경위를 말하고 의향을 물었더니 대뜸 하는 대답이 "나도 처녀 때부터 꿈이 외국에 나가 살아보고 싶었다."는 것이다.

내 여권은 4월말이면 끝난다. 그 전에 결단을 내리지 않으면 이제 기회는 다시 오지 않는다. 3월 한 달 동안에 회사에 사표내고, 비로소 부모 형제들과 동료 친구들에게 미국 간다고 일방적으로 통고했다.

모두가 깜짝 놀라고, 왜, 왜 하지만 설명을 해줄 여유도 없이 1973년 4월 5일, 식목일에 Northwest 항공기에 몸을 실었다. 아내와 막 돌이 지나 재롱을 부리기 시작한 딸을 6개월만 기다려라 하는 말로 남겨

놓고.

당시는 한국이 가난했기 때문에 외국으로 가져갈 돈도 없었고 돈이
있어도 달러가 없어 못가지고 가게 해 불과 300불만 가지고 나갔다.

김포공항에서 시애틀로 가는 직항이 없어 일본 도쿄에서 하룻밤을
묵고 갈아 탔는데 이곳에서는 짐이 너무 많다며 100불을 더 내야한다
는 것이었다.

이사를 간다는 생각으로 짐이 많았기 때문에 짐을 버릴 수도 없어
울며 겨자 먹기로 100불을 빼앗기고 보니 이제는 200불 밖에 남지 않
았다.

PART 05

결혼과 우리 집 가보

좋은 직장에 다니고 나이도 30세가 넘어가자 하루는 고등학교 시절 사귀었던 6명 친구 중 한명이 "너 장가가야 하지 않느냐"며 소개해줄 한 여성의 집안도 잘 안다고 한 여성을 중매했다.

그녀는 청주 교육대학을 나오고 청주에 있는 한 초등학교 교사였는데 동생과 함께 자취를 하고 있었다. 전화를 걸어 어떻게 사는지 보고 싶다고 했더니 내려오라고 해서 만났다.

동생과 함께 자취하고 있는 집은 깔끔했고 그녀도 반갑게 대해줬는데 마치 아는 사람처럼 대해줘 첫 인상이 좋았다.

방에 앉아서 이야기를 하고 있는데 마침 라디오에서 남북이산 가족 상봉 첫 번 케이스가 실황 중계되었다. 한참 방송을 듣던 그녀는 마치 자신의 일처럼 눈물을 펑펑 흘리며 울었다.

그 모습에 그녀의 마음이 비단결처럼 부드럽다고 생각했다. 그리고 마음만 부드럽고 착하면 됐지 다른 것은 필요 없다고 생각하고 한번 만남으로 결혼을 결정했다. 그녀가 바로 현재의 아내 지영숙이다.

부모 허락도 빌고 1970년 4월11일 드라마센터에서 결혼했다.

벌써 올해가 결혼 54주년이다. 알고 보니 그녀는 공부도 잘했고 특히 주산이 1등으로 서울 대회에까지 출전할 정도였다.

또 붓글씨를 잘 써 그녀가 중학교 때 쓴 한글 붓글씨를 표구해 집 안에 보관하고 있다. 언젠가는 성경의 좋은 성구도 써서 표구해 자녀들

결혼식 사진

과 후손에까지 남겨두고 싶은 마음이다.

아내는 마음씨도 착하고 남편을 존경하는 이상적인 한국여성으로 결혼 후 어린 딸과 함께 미국에 와서 이민 초기에 많은 고생을 함께 했다.

남편을 끝까지 믿고 따라주었고 큰딸 미경이 그리고 둘째 딸 미원이도 훌륭히 키워줘 너무 감사하다. 정말 하나님이 좋은 짝을 주셔서 감사하다.

세월이 어느새 50여년이 흘러 두 딸이 모두 결혼해 잘살고 있고 손주도 3명이 있으니 정말 감사하다.

특히 믿지 않던 아내는 결혼 후 나의 전도로 믿음 생활을 함께 했고 이젠 권사로서 하나님이 맡겨주신 사명을 감당하고 있다.

국무총리를 역임한 나의 할아버지는 외국으로 출장가면 남은 출장경비를 국고에 반납할 정도로 청렴결백한 분이었는데 아내의 아버지도 마찬가지였다.

장인은 당시 충북 단양 군수였다. 부정부패가 많은 시절이어서 남들 같으면 집 몇 채를 가지고 있을 수 있었지만 장인은 청렴결백해 월급으로만 살았다고 한다. 그래서 처갓집은 공무원 박봉 급여를 받으면 한두 달 안에 쌀이 떨어져 집의 땅을 팔아가며 살아야 했다.

우리가 미국에 온 후 60대였던 장인, 장모님을 시애틀로 초청했다.

우리의 목적은 믿지 않는 두 분을 교회로 인도해 예수님을 영접하는 것이었다. 우리의 초청에 장인은 미국에서 딸이 어떻게 살고 있는지 보고 싶고 딸이 다닌다는 교회도 가겠다며 당장 수락하셨다.

시애틀에 반달동안 머무는 기간 두 분은 우리와 함께 교회에 열심히 다니셨는데 세례까지 받는 등 쉽게 예수님을 영접하셨다. 너무 감사하다.

우리 집에는 가보인 Silver Plate 은쟁반이 있다. 이 실버 플레이트는 결혼 25주년에 내가 아내에게 선물로 주었던 것이다.

이제는 두 딸들이 성장했기 때문에 아내에게 준 가보는 맏딸 미경이를 거쳐서 둘째 딸 미원에게, 그리고 손주 주영, 하영, 천영에게, 그리고 먼 후대에 계속해서 가보로 이어지기를 바라는 것이 소원이다.

해마다 결혼기념일이면 의례히 꽃 한 다발 아내의 직장으로 보내고 저녁에는 외식을 하는 것으로 때웠다. 그런데 25주년 때는 보스톤에 있던 큰 딸이 25주년은 은혼식이라며 미국사람들은 특별한 이벤트를 벌리고 축하를 해주거나 함께 세계 일주여행을 하거나 Silver Plate 같은 것을 기념으로 해준다고 설명했다.

그 말을 듣고 보니 꿀맛 같은 연애도 하지 못하고 나이 찬 총각에게 전격적으로 시집와 지난 25년 동안 밥 해주고, 빨래해주고 두 딸까지 낳아서 잘 길러준 아내에게 정말 고마운 생각이 들었다.

특히 한 평생을 사는 동안 단간 셋방으로부터 시작해서 맨손으로 미국 땅에 도착하여 맨땅을 일구어 오늘에 이르는 삶 가운데 두 딸을 키우면서 풍족하지는 못하더라도 그 누구 부럽지 않은 단란하고 사랑이 넘치는 가정을 꾸려준 아내에게 정말 감사한 마음이 들었다.

그런데 보수적인 한국 남성 탓인지 살면서 고맙다는 말 한마디, 닭살 돋는 사랑한다는 말 한마디 해본 적이 없이 살아왔다.

정말 마음속으로 미안하다는 생각이 샘솟듯 하면서 은쟁반에 내 마음을 한번 담아서 주고 싶은 생각이 들었다.

4월 11일 결혼기념일에 목사님과 장로님들을 초청한 식당에서 아내에게 작은 선물이라며 이 은쟁반을 주었다. 아내는 포장을 뜯고 은쟁반에 새겨진 글을 보더니 읽지 못하고 멍하니 서 있었다.

그러자 성질 급한 한 권사님이 은쟁반을 빼앗듯이 받아들고 새겨진 글을 읽었다.

"신데렐라의 아름다운 꿈을 이 부족한 사람에게 묻은 세월,
비 오고 눈 오며 때론 광풍 몰아치던 험악한 세월들을
말도 없이, 빛도 없이, 가정을 지켜준 당신의 의연함이,
사랑의 선물인 미경, 미원 두 딸을 이렇게 자랑스러운 딸로 키웠구려.
주님께서 당신과 나에게 허락하신 남은 나날들을 살아갈 때,
사랑하는 당신을 보배인양, 진주인양 아끼며 살리다.
작은 정성, 고마운 마음을 이 징표에 담아서 드리니
주님께서 주시는 면류관인 듯 받구려."

　　1995년 4월11일 결혼 25주년에
　　내 살이요 뼈인 영숙에게 남편 드림

이런 내용의 글이었다. 이 은쟁반은 그 후 우리 집에 있는 골동품 피

아노 위에 지금도 자리를 차지하고 앉아 우리를 내려다보고 있다.

그 후 30여년이라는 세월이 또 화살같이 날아갔다. 그러나 세월이 지나면 지날수록 새로워지는 것은 그때 정말 잘했구나, 아니 어쩌면 내 인생길을 가는 중에 있었던 모든 결정 중에서 제일 중요한 결정 중 하나이었구나 하는 생각이 든다.

나는 이 은쟁반의 내용을 손주들에까지 때마다 설명하고 있다.

마음을 담은 글과 함께 아내에게 선물한 은쟁반

"저것은 옛날 옛적에 너희들 할머니 할아버지가 하나님께서 짝을 지워주셔서 결혼을 하고 한평생을 사시는 동안 두 분이 너무너무 사랑을 했단다. 그리고 하나님이 선물로 두 딸을 주셨단다. 너희들도 하나님을 사랑하면 하나님이 좋은 짝을 주시고 행복한 삶을 살도록 축복하실 것이다."

이렇게 손주들에게 일러주면 아이들이 첫째, 하나님의 사랑을 배우게 될 것이고 둘째, 가족간의 사랑, 이웃사랑을 배우게 될 것이고, 셋째, 한 남자와 한 여자가 결합하여 행복한 가정을 이루는 하나님이 만들어 놓으신 가정 질서의 원리를 배우게 될 것이라고 믿는다.

이 세 가지만 아이들에게 분명하게 가르쳐 놓으면, 그 아이들이 뒤에 오는 후손에게도 똑같이 분명하게 가르치게 한다면 나와 나의 후손들은 영원토록 축복의 통로가 되는 삶을 살게 될 것이다.

사랑하는 내 가족이 있는 나의 가정, 그것은 영원한 나의 땅 끝이다.

4부
초기 이민시절

PART 06

하나님이 해주신 영주권

3개월 Business Visa를 받아가지고 첫 발을 디딘 시애틀은 생각보다 너무나 작은 도시 같아 보였다.

나중에 알고 보니 시애틀은 한국에서 미 서해안에 도달하는 최단거리에 위치하기에 시애틀에 하역을 해서 내륙수송을 하게 되는 관계로 일단 시애틀로 선적을 많이 했었다. 그러기에 꽤나 큰 도시인줄 알았다.

지금은 Microsoft, Amazon, Starbucks, Costco, Boeing 등 세계적인 기업들이 즐비하지만 내가 올 때만 해도 Boeing 하나밖에 없었으니 당연히 그럴 수밖에 없었다.

초기 이민생활은 문자 그대로 암울 그것이었다. 3개월마다 기간 만료가 다가오는 비자 연장하랴 여권 연장하랴 정말 하루하루가 피 말리는 시간의 연속이었다.

더구나 믿고 왔던 J사장은 영주권 문제를 해결해 주겠다던 약속은 입 뺑긋도 하지 않았다.

한 달이 지난 후 그기 한 달 살이보니 생활비가 얼마나 들어가고 묻기에 그렇지 않아도 가지고 온 돈이 200불인데 똑 떨어졌다고 설명했다. 그랬더니 "지금 현재 한국 창고에 제품이 차고 넘쳐 야적을 해놓은 상태로 점점 체화 재고가 늘어가는 어려운 상황이니 사정이 나아질 때까지 월 200불씩 드리면 생활에는 지장이 없겠네요." 하면서 한 달에

200불을 월급으로 책정했다.

그래도 말을 못한 것은 영주권을 받기 전에 비위를 상하게 해서 영주권을 받는데 도움을 받지 못하면 누구 아는 사람 하나 없는 이곳에서 오도 가도 못할 처지가 될 것이 두려워서 입을 꾹 다물고 있기를 10개월이 지났다.

그러는 동안에 계절상품인 양송이는 계속 야적한 체화 재고가 쌓여가는 어려움이 날로 더해가고 있었다.

그래서 하루는 "내가 미국 시장에 관해서는 당신만큼 잘 알지를 못하지만, 유럽 시장에 관한한 지난 몇 년간 거래해오던 바이어들이 있으니 그쪽으로 한번 팔아볼 터이니 체화 목록 전체를 제시해 주어보지 않겠느냐"고 했다.

그랬더니 J사장은 처음에는 말대꾸도 않으려 하더니 여러 번 요청

시애틀

을 하자 네까짓 게 무얼 한다고 하는 표정으로 체화되어 있는 물량 중에 극소수 일부만을 제시하는 것이었다.

그래서 독일의 그동안 거래했던 바이어에게 Telex로 Offer를 보냈더니 그 이튿날 아침에 Accept한다는 Telex가 사무실에 와 있었다.

이것을 본 J사장은 눈이 휘둥그레졌다. 나를 무시했으나 단 하루 만에 엄청난 체화 재고 된 물건을 판 내 실력을 보고 놀랐다.

그제야 그는 체화 재고 리스트를 주며 판촉을 맡겼다.

나는 다시 남아 있던 재고품들도 모두 다 판매해 150만 달러의 LC(Letter of Credit) 신용장을 받을 수 있었다. 이 경우 은행에서 70%를 대출 받을 수 있기 때문에 회사가 금방 살아날 수 있었다.

이렇게 되자 J사장은 바로 다음날 나에게 "변형, 영주권 해야지" 말했다. 그동안 적은 월급에도 말은 못하고 영주권을 빨리 해주길 바랐는데 이제야 영주권 말을 했다.

그는 나를 데리고 연방 이민국 직원을 찾아가 이민 신청 상담을 했다. 이민국 직원은 영주권을 받으려면 먼저 회사에서 필요한 직원으로 한국말, 영어, 일본어 등을 할 줄 알아야 하고, 양송이 가공 기술이 있어야 하며 수출입 경험이 있고 미국에서는 찾을 수 없는 사람이어야 한다는 조건을 알려주었다. 그리고 먼저 노동 허가를 받는 등 절차를 진행해야 한다고 설명했다.

즉시 필요한 서류를 받기위해 시청, 올림피아 주청사, 연방 이민국을 찾아가 서류를 받고 전보를 법무부, 한국 대사관에 보내 가족 초청을 신청했다. 그런데 보통 1년이나 걸린다는 수속 절차가 불과 이틀 만에 다 해결되어 3개월 후 노동허가가 나왔고 드디어 74년 7월24일에 아내와 딸이 시애틀에 올 수 있었다.

이같이 빨리 영주권이 나올 수 있었던 것은 J 사장의 배경도 있었다.

J사장 가족은 1962년 세계 박람회에 들어와 한국 음식점을 했으나 한국으로 돌아가지 않자 추방 명령을 받았다고 한다.

그러나 그의 어머니가 대단한 인물이어서 당시 워싱턴주 출신 헨리 M 잭슨 연방

마이크로소프트 시애틀 본사 켐퍼스

상원의원에게 가족 중 유명한 딸 J양은 앞으로 미국의 이름을 빛낼 아이라고 설득해 영주권을 받았다고 한다.

연방상원의원의 경우 1년에 2명에게 영주권을 줄 쿼터가 있는데 이 중 한명으로 선정되었다고 한다. 사실 그 후 J 양은 한국뿐만 아니라 세계적인 음악인으로 명성을 날렸다.

J 사장은 이민국에 갔을 때 직원에게 세계적으로 유명한 J양의 음악 LP를 선물하면서 "내 시스터 음반이니 한번 들어보라" 했는데 직원은 너무 기뻐하며 영주권 취득 설명을 자세하게 해주었다.

미국에 아무 연줄도 없는데 이처럼 빨리 수속이 된 것

스타벅스 시애틀 본사

은 다 하나님이 앞서서 해주셨기 때문이라고 믿고 감사하고 있다.

그동안 하나님은 한국에서도 나를 보호해주시고 미국에 오기를 기다리고 계시다가 이젠 빨리 정착하도록 영주권 수속을 신속하게 해주

셨다.

정말 감사하신 하나님이다.

영주권이 해결되자 가족을 맞을 준비를 했다.

한국의 가족들은 미국에 살고 있는 내가 좋은 집에 좋은 차로 잘살고 있을 것으로 기대하고 있었다. 그러나 이민 초기 내 처지는 딱한 형편이었다.

조그만 아파트에 살고 있었고 자동차도 보기 흉한 중고차를 가지고 있었다. 이 차도 J 사장이 준 중고 쉐브론 스테이션 웨곤이었는데 사고를 당해 문짝 하나는 열어지지 않고 부딪쳐 찌그러진 흉한 모습이었다.

그러나 다행히 많이 달리지 않고 엔진이 좋아 고속도로에서 쌩쌩 달렸다.

앞으로 3명이 살려니 아파트 보다는 조그마한 집이라도 필요했다. 마침 헌집들을 정부가 수리해 파는 FDA 하우스가 나왔는데 이 집은 다운페이먼트도 없고 집값도 당시 2만 불 정도로 조건이 좋았다.

당시 부동산 에이전트를 하던 신호범 박사에게 이 주택을 찾아달라고 부탁했다.

신박사는 후에 워싱턴주 한인 최초 워싱턴주 상·하원 5선의원이 되었고 한인사회 발전에도 크게 기여하였다.

신박사는 쇼어라인에 FDA 하우스를 구해주었다. 방 3개 정도의 조그만 집이었으나 미국에서 첫 내 집을 마련했기 때문에 매우 기뻤다.

학수고대한 끝에 드디어 아내와 딸이 시애틀에 도착했다. 기다림 속에 공항에서 사랑하는 가족을 반갑게 맞이하고 가지고 온 여러 이민 가방들과 함께 집으로 왔다.

아내는 기대했던 크고 화려한 집은 아니지만 작아도 새 카펫이 깔려있고 싱크대도 있는 미국의 주택에 조금은 만족하는 것 같았다.

우리는 먼저 가지고 온 여러 개의 이민보따리를 풀고 짐을 정리했다. 아내는 새 살림을 해야 하기에 먹을 것부터 여러 살림살이들을 가져왔다.

우리가 한창 짐을 풀고 있었는데 문득 보니 아이가 보이지 않았다. 미국에 도착한 첫날 이제 겨우 돌이 지나 1년 반밖에 되지 않는 아이가 없어진 것이었다.

우리는 깜작 놀라서 집밖으로 나가 아이를 찾았으나 보이지 않자 그야말로 2시간 동안 동네를 다니며 "미경아, 미경아 " 하고 아이 이름을 부르고 찾았다.

행여 누가 아이를 납치해 가지 않았을까 하는 염려가 들었다. 그러나 경찰에 신고할 정신도 없이 우리는 계속해 아이를 찾고 동네 사람들에게도 물었으나 모두 모른다고 했다.

그런데 몇 시간 후에 옆집 아주머니가 우리 집을 찾아와 애를 찾느냐고 물었다. 그러면서 아이가 자기 집에서 놀고 있다고 말했다.

우리가 가방 짐을 풀고 있는 동안 어린 아이가 겁도 없이 옆집으로 들어갔는데 애가 예쁘고 잘 놀아 옆집 아주머니가 함께 놀아줬다고 한다.

큰딸 미경이는 어릴 때부터 독특한 면이 있었다.

한국에 있었을 때는 당시 직장으로 양키 아주머니라고 불리는 미국산 물품을 파는 보따리 장사가 찾아오곤 했는데 그때면 나는 아이를 위해 초콜릿을 사주었고 아이도 맛있게 먹곤 했다.

이젠 미국에 와서 마음껏 미국 과자들을 사먹을 수 있기 때문에 어느 날 딸을 데리고 미국 초콜릿 판매점에 가서 마음껏 집도록 했다.

그런데 아이는 초콜릿에는 관심이 없고 가게에 있는 미국사람들에게 말을 걸어 귀엽다는 소리를 많이 들었다.

나는 어릴 적 사람을 사귀지 않고 너무 얌전하고 공부만 해서 총각색시라는 별명을 얻었는데 큰 딸은 여자인데도 숫기가 있어 부끄러워하거나 수줍어하지 않고 성격이 활발하고 아무나 잘 사귀는 사교성이 있었다. 나하고는 정반대의 성격이었다.

이처럼 미국에 온 첫날 잊어버릴 뻔 했던 어린 딸도 벌써 이젠 결혼하고 50이 넘었으니 세월이 참 빠르다.

J씨의 시애틀 사무실은 시애틀 월링포드 45가 아파트 방을 쓰고 있었다.

나도 인근 아파트에 살게 되었는데 길 건너 아파트에 한국사람 한 명이 살고 있었다.

그때는 한국인들이 거의 없었을 때라 당장 만나 이야기 하고 싶었지만 2달 동안 일부러 만나지 않았다. 왜냐하면 친구 한명이 "미국에서는 한국 놈 조심하라"고 아주 강하게 경고했기 때문이었다.

그래서 한국인들은 뿔 달린 사람이라고 생각할 정도로 조심해서 당시 시애틀 지역에 2,000명의 한국인들이 산다는 소리를 들었지만 한명도 만나질 못했다.

그러나 나중에 알고 보니 길 건너 아파트에 살던 한국인은 곽종세 전 시애틀 한인회장으로 그때부터 우리는 친한 친구가 되어 한인 사회 발전에도 함께 이바지 할 수 있었다.

PART 07

철공장과 EOC 근무

그동안 J 회사로부터는 매달 200불밖에 받지 못해 혼자 살기도 어려웠지만, 이제 가족이 함께 살게 되었으니 더욱 살기 어려운 형편이 되었다. 그래서 회사를 그만두고 새로운 일자리를 찾기로 했다.

마침 J 사장도 내가 영주권을 받자 그만두게 하려는 눈치가 보였다.

당시에는 초기 이민 시절이라 가장 힘든 것이 영어 문제였다.

학교에서 공부할 때는 영어를 잘했지만, 입시를 위한 교과서 문법 위주였고 미국 사람도 만나기 힘들어 회화조차 연습할 기회도 없었다.

미국에서는 한국에서 배운 영어는 쓸모가 없을 정도여서 정말 애를 먹었다. 내가 아는 한국의 어떤 영어 선생님은 미국 공항에 도착했을 때부터 입이 떨어지지 않아 한마디도 못했다고 했다.

우선 많은 영어가 필요 없고 주인이 한인인 술집 태번의 가드로 일했다. 가드의 업무는 술집 앞에서 미성년자들이 들어오지 못하도록 신분을 확인하는 일이었다. 그 일을 하면서 시간당 2불을 받았다. 이것은 최저임금 수준이었다.

다음은 보수가 조금 나은 철공장에서 일을 했다. 철공장에서는 쇳물을 녹여 틀을 만드는 노동일을 했다.

뜨거운 쇳물과 연기 등 매연으로 얼굴은 새까맣게 그을리고 온몸에서는 땀이 흐르는 고된 작업이었다. 일을 마치고 집에 들어오면 피곤해서 샤워만 하고 쓰러지곤 했다.

몇 달이 지난 후 아내는 다행히 일자리를 갖게 되었다.

아내는 한국에서 타자를 잘 치고 수학을 잘했기 때문에 보험사나 노스트롬 등에서 데이터 입력 일을 할 수 있었다.

문제는 부부가 일하게 되니 아이는 데이케어 센터에 맡겨야 했다.

고교 동창 한 친구는 아이를 데이케어에 맡기면 1, 2달은 울고 다녀야 한다고 말했다.

첫 아이 돌 때

일하러 가면서 아이를 맡기면 어린아이가 부모에게서 떨어지지 않으려고 울고 매달리기 때문에 아이도 울고 부모도 운다고 했다.

우리도 크게 염려하고 울지 않겠다고 다짐을 했다.

첫날 아이를 집 근처 데이케어에 맡기면서 아이가 울고 떨어지지 않을까 조마조마했다. 그러나 미경이는 정반대로 우리와 떨어질 때 울기는커녕 우리보고 빨리 가라고 손짓했다.

미경이는 데이케어에 또래 아이들이 많이 있는 것을 보고 당장 아이들 속으로 뛰어들어 재미있게 놀기 시작했다.

정말 숫기가 있는 특별한 아이였다.

이 같은 어려운 초기 이민 생활에서도 미경이는 그동안 잘 자라 보스턴에서 대학교를 졸업하고 IT 관련 직장 생활을 했다.

한국말도 잘해 한국 기업체에서 일하기도 했고 나중에 시애틀에 돌아와 자기 회사를 창립하려다 변호사와 만나 결혼해 잘 살고 있다.

미국인 사위가 결혼 허락을 요청했을 때 "기독교인이 되어 교회에 나가고 한국말도 배우는 것"을 조건으로 허락했다.

힘든 노동일을 그만두고 다음엔 구인 회사들과 구직자들을 연결해주는 EOC에서 근무했다.

이 기관은 한국인을 비롯해 베트남 사람 등 미국에 온 개발국 소수인종 이민자들이 일자리를 찾는 것을 도와주기 때문에 많은 한인들도 이용했다.

80년대는 한국에서 많은 이민자들이 몰려올 때여서 이들에게 운전면허 취득부터 일자리 찾기까지 많은 도움을 주었다.

영어를 하지 못하는 사람들에게는 지원서까지 대신 써주기도 하고 운전을 못하는 사람들에게는 운전도 해주고 인터뷰도 도와주었다.

많은 한인들이 시애틀 서쪽에 있는 타드 조선소에서 용접공으로 취업이 되었고, 여성들은 봉제 공장에 취업이 잘 되었다.

한인들은 어디를 가든지 한 달만 쫓겨나지 않으면 다음엔 1등이 되었다.

봉제 공장의 경우 내가 데리고 가는 한국인들은 주인들이 나를 믿고 무조건 채용해주기 때문에 EOC에서는 내가 일을 잘한다고 소문이 나기도 했다.

언젠가 교회에서 순 모임을 하는데 한 교인이 나도 모르는 옛날이야기를 하면서 내 이야기를 하기에 놀랐다.

이 교인은 이민 와서 빠른 취업을 위해 EOC에 근무하던 나에게 선물을 주었는데 내가 이러면 큰일 난다고 오히려 혼을 냈다고 당시를 이야기했다.

한국과 달리 미국에서는 뇌물성 선물을 받을 수 없어 그랬겠지만, 그 교인이 나의 도움으로 취업이 되고 미국에 잘 정착할 수 있었다는 것에 기뻤다.

EOC에서 근무를 했지만 보수가 적어 더 좋은 일자리를 찾았다.

EOC에 사람을 찾는다는 회사 여러 군데를 보다가 마침 오리건주 유진에 있는 한 무역회사가 눈에 들어왔다.

한인이 주인인 이 회사는 죽세공품을 필리핀, 중국, 대만 등에서 수입해와 미국에 판매하고 있는데 그 종류가 2000가지나 되는 큰 회사였다.

이 회사에서는 이 상품을 팔 세일즈맨들을 모집했다. 전화를 해보니 앞으로 2주간 트레이닝을 하는데 한번 오라는 것이었다.

PART 08

하나님을 시험해 보다

유진회사에 가보니 20여명이 모였는데 한인은 나 혼자였다.

훈련 세미나에서 강사는 첫 강의에서 "Gift가 무엇이냐?"고 물었다. 쉬운 질문이어서 참석자들이 여러 대답을 했지만 강사는 틀렸다고 대답했다.

그리고 "Gift는 생활하는 데 아무 쓸모는 없어도 사람들이 돈 주고 사는 것"이라고 설명했다. 즉 "먹고 사는데는 필요 없는 것이지만 사람들이 돈을 주고 사는 것"이라며 "쓸모없는 것 같더라도 사람들이 돈을 주고 사도록 하는 것이 세일즈 비결"이라고 강조했다.

나는 영어가 서툴러 강의 내용들도 잘 알아듣지 못해 20명과 경쟁해서는 이길 수 없다고 생각했다. 그래서 한국인의 장점인 성실과 정직으로 승부를 걸겠다고 회사에 강조했더니 합격되었다.

회사에서는 먼저 워싱턴주 판매 업무를 맡아보라며 거래처 리스트를 주었다. 보수는 월 정기 800불 또는 판매액의 10%를 할 것인지 둘 중 하나를 선택하라고 했다.

순간 성경의 말라기 말씀이 떠올랐다. "만군의 여호와가 이르노라 너희의 온전한 십일조를 창고에 들여 나의 집에 양식이 있게 하고 그것으로 나를 시험하여 내가 하늘 문을 열고 너희에게 복을 쌓을 곳이 없도록 붓지 아니하나 보라"(말3:10)

당시 월 800불이면 간신히 생계는 꾸릴 수 있었다. 그러나 앞으로 자녀 교육은 어떻게 할 것인가 하는 염려도 있었는데 자꾸 하나님이 "나를 시험해 보라" 말씀이 귀에 울렸다.

세일을 잘하던 못하던 하나님에게 온전한 십일조를 드리면 하나님이 복을 쌓을 곳이 없도록 주신다고 했으니 정말 하나님의 말씀을 믿고 판매액의 10%를 받도록 결정했다.

첫 활동은 리스트에 있는 워싱턴주 모든 고객들을 찾아가는 것이었다.

출장비도 없지만 2주간 출장을 떠났다. 평생 세일 업무는 해본 적이 없었지만 가족을 위해 상품을 소개하는 카탈로그를 가지고 워싱턴주 전 지역을 돌았다.

가게에 들어가 점원에게 매니저를 좀 만나게 해달라고 말하는데 점원들이 알아듣지도 못하는 경우가 많았다.

원래 나의 별명이 총각색시였던 것처럼 내가 수줍고 목소리도 작은 탓이었다. 그때 트레이닝 강사가 하던 말이 생각났다. 강사는 "세일 업무 중에서 제일 중요한 것은 큰 소리로 이야기하는 것"이라고 강조했었다.

작은 목소리로는 안 되겠다고 생각하고 성격을 바꿔 큰 소리로 매니저를 찾는다고 소리쳤다. 때로는 사람들이 놀랄 정도로 큰 소리로 매니저를 찾으니 쉽게 매니저와 만나 제품을 설명할 수 있었다.

그때부터 나의 목소리가 큰 소리로 달라졌다. 지금도 아내는 가끔 이야기 할 때 "왜 당신 큰소리 내느냐? 어디 화냈느냐?"라고 묻기도 한다.

첫 2주 동안 모텔 방에서 자면서 워싱턴주 모든 고객업소들을 한 바퀴 돌았다. 주말에는 매니저들이 일을 하지 않아 집에 돌아 왔다가 다시 나갈 수 있지만 동부 워싱턴주 지역은 너무 거리가 멀어 그렇게 할 수도 없었다.

이 같은 고생 끝에 죽세공 제품들을 조금씩 팔 수 있었다. 세일을 해보니 미국 사람들이 죽제품을 엄청 좋아한다는 것을 알 수 있었다.

트레이닝 강사가 "gift는 생활하는 데 아무 쓸모는 없어도 사람들이 돈 주고 사는 것"이라고 한 말처럼 내가 생각하기에는 아무 짝에 쓸모없는 죽제품인데 미국인들은 돈 주고 샀다.

예를 들어 한국에서 어릴 적 시골에서 소에게 여물을 먹이려면 쇠죽솥에서 끓인 여물 쑨 것을 여물바가지로 퍼서 길쭉한 나무토막으로 만든 구유에 넣어야 한다.

나무로 만든 여물바가지는 미국에서 사용할 일이 없기 때문에 왜 이런 제품이 카탈로그에 나와 있나 처음에 의아했다. 그러나 내 생각과 다르게 미국인들은 바가지에 드라이플라워를 담아 벽에다 걸어놓으면 훌륭한 실내 장식품이 되기 때문에 굉장히 많이 샀다.

김장할 때 배추 물이나 빼는 데 사용하는 소쿠리는 크기별로 아예 한 세트씩 팔았는데 이것도 매우 잘 팔렸다.

미국인들은 소쿠리들을 거꾸로 해서 막대기에 연결해 전기스탠드를 만들거나 벽에다 장식용으로 크기 별로 붙이는 것을 좋아했다. 정말 예전 우리가 시골에서 사용하던 죽제품이 미국에서는 용도가 다르게 다 팔렸다.

처음에는 판매에 문제가 있었다. 여러 매니저 고객들이 제품들을 좋아하지만 안 산다고 했다. 시애틀에서 먼 워싱턴주 지역 가게들이 더 사지 않았다.

이유를 물어보니 물건이 좋아 다 팔리는데 그 다음에는 세일즈맨이 오지 않아 빈 공간으로 남기 때문에 더 주문하지 않는다고 말했다.

나는 이들에게 두 달에 한 번씩은 꼭 오겠다고 했는데도 매니저들은 전에 왔던 세일즈맨도 말만 하고 오지 않는다고 믿지 않았다.

이 같은 불만을 해소하고 신용을 지키기 위해 정말 두 달에 한번 씩은 다시 가게에 가서 물건을 대주었다. 그제야 고객 업소들은 나를 믿고 물건을 주문해 주었다.

카탈로그에는 2000가지 종류의 제품이 많아 매니저들이 주문하기 어려울 경우 오히려 내가 인기제품을 선택해줘서 그들과 더 친밀해지고 물건도 더 팔 수 있었다.

겨울철에는 동부 워싱턴주 지역으로 가려면 스노퀼미 패스 등 산을 넘어가야 하는데 눈이 많이 올 경우는 갈 수 없는 경우가 많았다.

언젠가도 고객과의 약속을 지키려고 눈 많이 쌓인 패스를 넘다가 큰 사고를 당할 뻔한 일도 있었다. 그래서 그럴 경우 전화로 주문을 받았다.

이미 고객들과 친해졌기 때문에 이들이 전화로 무슨 제품을 1000불, 500불 어치 주문하면 배송을 해줘 편리하게 일할 수 있었다.

나의 세일 방법은 1년에 한번 시애틀 센터에서 열리는 시애틀 기프트 쇼를 참관하려고 온 본사 직원들에게 화제꺼리가 되었다.

이 기프트 쇼에는 워싱턴주, 오리건주뿐만 아니라 몬타나, 알라스카 주에서까지 많은 구매업자들이 몰려왔다.

우리 회사도 이 기프트 쇼에 부츠를 설치했기 때문에 나도 참여했다. 그곳에서 기존 고객들을 만났다. 이들은 전국에서 몰려온 Gift Wholesaler들의 부츠를 전부 돌아보고 자기가 필요로 하는 아이템을 주문하려다 보니 시간도 많이 걸릴뿐더러 피곤해서 기진맥진한 상태였다.

그런데 그들은 부츠에서 나를 보고서는 "Hi, Chong" 하고 눈을 맞추고는 손가락을 하나, 또는 둘을 펴 보이며 고개를 끄덕끄덕 하고는 다른 부츠로 가면 나는 편안하게 앉아서 1000불 또는 2000불짜리 Order Sheet를 그 사람 이름으로 작성하는 식이다.

본사에서 온 사람들이 보기에는 이해할 수 없는 방법이었겠으나 그동안 쌓아온 고객과의 신뢰관계가 이를 가능케 했던 것이다.

처음 세일즈 트레이닝 강사가 했던 말이 생각이 났다. 상대방을 웃게 만들면 세일즈의 절반은 성공한 것이라고, 그런데 서투른 말솜씨로 상대방을 어떻게 웃게 만들까 걱정이었다.

그래서 생각해 낸 것이 나의 이름을 이용하는 것이었다. 누구나 처음 만나 통성명 할 때 보통 Middle Name을 주고받는데 나는 미들 네임을 "Chong"이라고 쓴다.

미국인들에게 내 이름을 Chong이라고 말하면 매우 생소하게 듣는다. 한문 글자로 쇠북종 '鐘'(Bell)을 써 보이면서 "이것이 내 이름이다. 너 이것이 무슨 의미인지 아느냐?"하고 물어보면 의아한 표정으로 내 얼굴을 빤히 쳐다보곤 한다.

그러면 내 이름은 뜻을 가지고 있는데 영어로는 'Bell'을 뜻한다. 다시 말하면 "Chong means Bell."이라고 설명한다.

그러면서 "When you need my help, just ring the bell. Then I will be with you." 이렇게 나를 소개하면 참 재미있다고 좋아할 뿐 아니라 내 이름 Chong을 절대로 잊어버리지 않고 기억하게 만드는 2중의 효과를 걷을 수 있었다.

이 같은 노력과 하나님의 도우심으로 회사에서 2년 만에 여러 미국인 경쟁자들을 물리치고 Top Sales Man이 되었다. 이것은 내가 잘 해서 달성된 것이 아니고 온전한 십일조를 들여 나를 시험해보라는(말라기 3:10)하나님 말씀 앞에 그래 어차피 이판사판이다, 하나님이 설마 거짓말이야 하시겠냐? 하는 치기어린 생각으로 대들었던 이 작은 아이에게 우리 하나님은 너무나 성실하게 응답해주신 것이었다.

그러나 85년 어느 날 스포켄에서 세일즈를 하고 있는데 본사로부터 전화가 왔다. 회사가 파산했다는 실망스런 소식이었다. 이로 인해 영업사원 시절이 하루아침에 끝나 다시 실업자가 되었다.

PART 09

변종혜 부동산

죽세공품 세일즈맨 일자리를 잃은 후 다시 새 직업을 찾았다. 그러나 세일즈맨 경험으로 인해 출퇴근하는 정규 샐러리맨 직장보다 자유롭게 일하며 일한 만큼 보수가 있는 일자리를 찾았다. 그때 마침 윤상인 부동산 광고를 신문에서 보고 바로 이것이라고 생각했다.

당시 80년대에는 이민 물결이 일어 많은 한국인들이 미국으로 이민 온 상태였다.

시애틀 지역에도 많은 이민자들이 한국뿐만 아니라 타주에서도 이주해 왔는데 이들이 가장 먼저 찾는 것은 먹고 살아야 할 비즈니스였고 가족들이 살아야 할 집이었다.

집과 비즈니스를 사고파는 부동산 업무이지만 이미 죽제품 탑 세일즈맨 경험이 있어 해볼 만하다고 생각했다. 윤씨에게 전화를 해 나도 해보고 싶다고 했더니 오라고 했다.

요즘 부동산 중개인들은 집 전문이나 비즈니스 전문으로 일을 하지만 당시 나는 집뿐만 아니라 그로서리 마켓, 세탁소, 식당, 델리 등 각종 비즈니스를 다 취급했다. 그런데 물건을 팔려면 시장에 내놓는 리스팅이 있어야 하는데 한인들이 많은 비즈니스를 하지 않아 리스팅을 구하기가 어려웠다.

지금은 시애틀 지역 한인들이 대부분 그로서리 마켓, 세탁소, 식당,

테리야끼 식당, 델리들을 많이 하고 있어 팔기위한 리스팅이 많이 있지만 당시는 한인이 팔려고 내놓은 리스팅이 없었다.

나는 직접 백인 비즈니스들을 찾아다니며 비즈니스를 팔지 않겠느냐고 물어야 했다. 그때 다운타운에 델리샵을 12개나 가진 유대인이 있었다. 그에게 리스팅을 달라고 했더니 12개 모두 100만 불에 판다며 100만 불에 살 사람이 있느냐고 반문했다.

당시 100만 불은 상당한 금액이어서 한인으로서는 거의 불가능한 수준이었고 또 100만 불 거액으로 12개 델리를 한꺼번에 살 사람도 없었다. 실질적으로 그는 이미 1년 전에 12개 델리 리스팅을 내놓았는데 100만 불에 사겠다는 바이어가 한명도 없었다.

나는 그에게 12개를 한꺼번에 팔지 말고 하나씩이라도 따로 팔면 12명이 12개를 살 수 있다고 설득했다.

그리고 다음날부터 델리를 사려는 한인 바이어들을 1,2명이나 2,3명씩 매일 데려가 식당을 보여주었다. 그동안 미국 부동산 에이전트들은 한명도 바이어를 데리고 오지 않았기 때문에 그는 기대를 하지 않았으나 내가 한인 바이어들을 많이 데려오니 마음이 움직인 것 같았다.

그해 추수감사절에 내 부동산 사무실에 웬 선물보따리가 놓여있었다. 추수감사절에 먹는 훈제 칠면조 고기였는데 뜻밖에 그 유대인이 보낸 것이었다. 그는 아직 델리식당이 팔리지 않았지만 내가 그동안 열심히 자기를 위해 수고해 준 것에 고맙다고 선물한 것이었다.

이 같은 누려 끝에 델리 하나를 8만5000불 가격에 4만 불 다운하고 나머지는 주인에게 owner carry로 갚는다는 오퍼를 넣었다. 그랬더니 유대 주인은 나머지 4만5000불을 오너 케리로 갚으려면 담보로 집이 있어야 한다고 받지 않았다. 나는 한인이 다운할 4만 불을 모았다면 이민생활의 많은 어려움 속에서도 몇 년에 걸쳐 모은 돈이기 때문에 한국에서 델리를 한 경험이 없더라도 4만 불을 잃지 않기 위해서라도 목숨 걸고 식당을 잘할 것이라고 설득했다.

또 만약 델리식당이 잘 되지 않아 문을 닫아도 다운한 4만 불은 당신이 갖기 때문에 아무 손해가 없을 것이라고 설명했다. 이 같은 설명에 결국 델리를 한인에게 팔았다.

델리를 산 한인은 매니저를 두고 일하는 미국인들과 달리 부부가 직접 영업을 했기 때문에 매상도 더 오르는 좋은 결과를 낳았다.

이 일로 인해 유대인 주인은 다음부터는 내가 팥으로 메주를 쑨다고 해도 믿을 정도로 나를 신뢰했다. 이로 인해 그의 12개 델리 식당을 하나씩 팔거나 리스팅 하는 성과를 얻었다.

그 후 70세까지 30여년 이상 여러 부동산을 사고파는 일을 하다가 15년 전 은퇴했다. 그러나 시애틀 다운타운에 있는 세탁소 드랍샵(drop shop)은 코로나 바이러스 펜데믹이 일어난 3년 전까지 직접 영업을 했다. 이것은 원래 살 사람이 있었으나 중간에 포기하자 내가 직접 운영을 해왔다.

드랍샵은 시애틀 다운타운 콜럼비아 빌딩에 있었기 때문에 매일 세탁물을 가지러 빌딩이 있는 높은 언덕까지 걸어가고 오기 때문에 건강에도 좋았다.

부동산 일을 하면서 크게 돈을 벌지는 않았지만 죽세공품 세일즈보다는 좋아 먹고 사는 데는 지장이 없었고 두 딸들도 대학까지 교육시킬 수 있었다. 이것도 다 하나님의 섭리였고 은혜였다.

특히 시애틀 형제교회가 지금처럼 부흥할 수 있었던 이유 중 하나는 예전의 오래된 교회 건물을 팔고 새 교회를 지었기 때문인데 내가 그 오래된 교회 건물을 팔 수 있었다는 것도 부동산 일을 했기 때문이라고 생각하면 감사한 일이다.

5부

형제교회

PART 10

이민생활 첫 발을 교회로 인도하신 하나님

어릴 적 나의 집이 있던 부천 동네는 약 100채 정도의 작은 마을이었다.

당시는 기독교인 가정이 3가정 있었는데 크리스천이라고 부르지 않고 천작장이(하늘에 집을 짓는 사람)이라고 천하게 불렀다. 나중에는 예수쟁이로 불렸다.

부모님은 무신론자였지만 가까운 영태 할아버지가 천작장이였다. 어떻게 해서 천작장이가 되었는지 알지 못했으나 미국에 와서 이승만 박사에 대한 역사를 조사하다 보니 그는 15살에 보성중학교에 입학하였고 1905년 을사조약 이후 전덕기의 상동 교회에 나가면서 독립운동가인 이회영의 지도를 받았다고 설명되어 있다.

부모가 불교신자도 아니고 아예 무신론자인 가정에서 자랐기 때문에 나는 한국에선 종교를 갖는 것을 생각하지도 않았고 전혀 교회에 가본 적이 없었다.

나뿐만 아니라 아내도 한국에선 교회를 다니지 않았다. 그러나 하나님은 우리 부부를 태평양을 건너 미국에 오게 하고 이스라엘 백성들이 힘든 광야에서 하나님을 만난 것처럼 우리들도 힘든 이민생활을 통해 교회로 내몰렸고 하나님을 믿게 되었다.

내가 초기 이민생활에서 고생했지만 아내는 미국에 와서 창살 없는 감옥생활을 했었다. 운전을 못하니 밖에 나갈 수도 없고 영어를 못하니 외부 사람들을 만날 수도 없었다. 집에서 창밖을 바라보고 혼자 우는 날이 많아 정말 딱했다.

큰 기대를 갖고 왔던 미국생활에 어려운 일이 많았지만 그렇다고 다시 한국에 돌아갈 수도 없었다. 그래서 우리는 이왕 왔으니 죽으나 사나 열심히 살아보자고 다짐하고 서로 위로했다.

어려운 초기 이민생활에서 돌파구는 교회에 가는 것이었다.

한국에서는 교회에 간적이 없던 아내도 미국에서는 한인 교회에 가야 한인들을 만나 이야기를 할 수 있고 미국에 사는 상식도 알 수 있게 되니 기뻐했다.

'시애틀한인형제교회'에 나가게 된 것은 친구 덕분이었다.

미국에 와선 아는 사람도 없었고 1년여간 J 회사에 다닐 때도 한국에 아내와 딸이 아직 오지 않아 주중에는 일하고 주말에는 자동차도 없어 아파트에서 혼자 지내는 경우가 많았다.

그럴수록 한국의 아내와 딸이 보고 싶어 미칠 지경이었다. 그런 중에 고등학교 동기동창 2명을 만나게 되었다. 김수훈과 김남길이었는데 김남길은 UW에서 Linguistic 박사학위를 받기위해 공부 중이었다.

동창은 말고라도 한국 사람을 만나는 것이 어려운 그때에 고교동창을 만난다니 얼마나 반갑던지 모른다.

김남길은 주말이 되자 교회를 같이 가자고 했다. 교회가 아니라 어디든지 같이 가자고만 하면 마다할 처지가 아니었다.

이렇게 해서 내 생전에 처음 교회인 형제교회를 1973년부터 다니기 시작했다.

형제교회는 1971년 창립된 교회이다.

정말 교회에 나가니 첫째는 너무나 외로운 처지에 한국 사람들 만난다는 것이 좋았고 거기 더하여 예배 후에는 식사를 같이 하는 것이 홀아비 생활에 끼니때만 되면 무엇으로 한 끼를 때우나가 큰 걱정인데 최소한도 한 끼는 걱정을 안 해도 되니 얼마나 좋은지 몰랐다.

처음 교회에 다닐 때는 믿음이 없이 한인들만 만나는 목적으로 다녀 성전 뜰만 밟고 다녔다. 그런데 교회를 다니다 보니 내가 언제까지 밥만 얻어먹으러 다닐 것인가 하는 반성이 일었다.

그동안 사귄 교인들을 보면 기도도 하고 무언가 내가 모르는 것을 가지고 있는 것 같은데 나는 아무것도 모르니 답답했다. 더구나 같이 식사를 할 때는 식사기도 조차 할 줄 모르니 정말 답답했다.

그래서 궁리 끝에 나도 산기도에 좀 데리고 가달라고 목사님에게 간청했다. 산기도를 가면 거기에서 뭔가 좀 가르쳐주어 배울 수 있을 것으로 생각했다.

그러나 나의 기대와는 달리 산기도에서는 찬송을 한참 부른 후 목사님이 모두 뺑 둘러앉으라고 하시더니 손에 손을 잡으라며 돌아가면서 기도를 하라고 하셨다. 내 순서가 하나하나 다가올 때 나는 진땀 흘리며 당황하던 기억이 지금도 새롭다.

또 처음 교회 나갈 때는 지금처럼 성도가 3000-4000명 되는 형제교회가 아니었다. 당시 교인수도 50명 정도였는데 어떤 선교 단체도 없이 친목으로만 모인 일종의 사랑방이었다.

우리도 선교나 전도를 몰랐던 때라 30대 젊은 교인 10명이 처음으로 '청년회'(가칭 화랑동지회)를 만들었다.

나는 청년회의 총무였는데 우리들은 자주 교회 밖에서 친목으로 모여 술 마시고 담배 피우기도 했다.

심지어 교회에서도 예배가 끝나면 문을 열고 건물 옆 후미진 곳에서 담배를 피우는 교인들이 많아 항상 담배꽁초가 수북하게 쌓여 있기 마련이었다.

그래서 청년회는 청년 선교회가 아니라 담배 이름인 화랑 동지회라는 별명까지 붙었을 정도였다.

철없고 믿음이 적었던 청년시절의 이야기였지만 그때 화랑동지회 회원들은 거의 변화되어 목사로 부름받아 목회를 성공적으로 마치고 은퇴하신 분, 선교사로 평생을 마치신 분, 평생을 장로로 신실한 주의 종의 길을 가신 분들도 많다.

이 같은 초창기 형제교회가 하나님의 인도로 현재처럼 부흥 발전한 것을 보면 정말 하나님의 은혜에 감사하지 않을 수 없다.

나의 경우도 전혀 다른 생각, 다른 목적으로 교회를 출석한 지가 금년으로 51년째, 형제교회가 내 생애 첫 번째 교회요, 내 햇수가 올해로 85년이니 내 생애 마지막 교회가 될 것이다.

내 의지와는 상관없이 교회로 떠밀려 들어갔으나 그것이 우리 하나님의 섭리요 계획이셨다는 것을 깨닫는데 수십 년이 필요했다. 그러한 인고의 세월을 거쳐 부족한 나를 장로로, 또 아내는 권사로 충성할 수 있게 하셨으니 정말 감사하다.

그렇게 전혀 엉뚱한 생각과 목적을 가지고 교회를 나갔지만 믿음은 들음에서 난다고 조금씩 의문도 생기면서 나도 무얼 좀 알고 다녀야지 이렇게 밥만 얻어먹으려고 다녀서야 되겠나 하는 생각이 들 때쯤 되어서 집사직을 맡아 하라는 것이었다.

내가 무슨 집사야 하는 생각해 극구 사양을 하다가 "집사가 별거 아니고 헌금 수납이나 하고 교회에 잔심부름 정도 일이 있을 때 돕는 손길 내미는 정도면 된다."는 권유에 마지못해 수락을 했다.

집에 돌아와서 당시에 4살 먹은 딸아이를 무릎에 안고 앉아서 "미경아 아빠도 이제 변집사가 된단다." 했더니 눈을 똥그랗게 뜨고 아빠를 한참 쳐다보더니 얼마 지나서 혼자 방에서 뛰어다니며 무어라 중얼중얼 했다.

저 녀석이 혼자 무얼 저렇게 중얼 거리나 하고 가만히 뒤쫓아 가 들어보니 깡충깡충 뛰다가 서서는 "변집사? 변집사?" 하면서 고개를 이리 갸웃, 저리 갸웃하는 것이 아닌가.

"아하, 내가 저 어린 것을 데리고 무슨 말을 한 거야 저 어린 것 생각에도 변집사는 좀 아닌 것 같구나" 하는 생각에 부끄러운 생각이 들었다.

그렇게 시작한 믿음의 여정 중에 초대 최용걸 목사님, 2대 심관식 목사님, 그리고 3대 지금의 권준 목사님 이렇게 3 목사님이 창립 기념 예배 등 특별한 날에 맨 앞자리에 나란히 앉아계신 모습을 뵙는 것이 그렇게 흐뭇하고 자랑스러울 수가 없었다.

지금은 최 목사님, 심 목사님 두 분은 이미 천국에 가셔서 이곳에 계시지 않지만….

뒤돌아보면 이것도 다 하나님의 섭리였고 계획이었고 인도하심이었다.

한국에서 좋은 직장을 가지고 편히 살았으면 하나님도 모르고 내가 잘난 줄 알고 살았다가 죄짓고 잘못 살았을 수도 있었을 것이다.

PART 11

초대 최용걸 목사, 2대 심관식 목사

형제교회를 처음 나갈 때 담임 목사님은 최용걸 목사님이었다.

교인 수는 73년 당시 40-50명 정도이었다.

당시 시애틀 한인수가 2000명 정도이니 이것도 많은 셈이었다. 그 후 한인 인구도 늘어나자 형제교회 교인도 700-800명 정도로 크게 늘었다.

최용걸 목사님의 특징은 예배 때나 모임 때나 항상 "교인 수가 1000명으로 부흥시켜주시고 세계 선교를 할 수 있게 해주십시오."라고 기도하는 것이었다.

믿음이 없었던 나는 그 기도를 들을 때마다 무슨 잠꼬대 같은 기도를 하는지 모르겠다며 시애틀 한인 인구도 많지 않은데 1000명 교인에다가 세계 선교라니 말도 안 된다며 듣기 싫어했다.

최목사님이 은퇴하시고 알라스카로 떠났을 때까지도 부흥이 없어 나 역시 최목사님의 기도가 응답되지 못한 것으로 알았다.

최목사님은 다시 형제교회로 돌아와 86세에 하늘나라로 가실 때까지 평신도로 교회를 지키셨다.

그런데 놀랍게도 그동안 형제교회는 성도가 4,000여명으로 급증했고 최목사님은 개인적으로 '세계선교회'를 만들어 세계 선교를 하게 되었다.

나는 생전에 최용걸 목사님이 그 같은 기도를 하실 때 무슨 잠꼬대 같은 소리를 하느냐고 믿지 않았지만 하나님은 정말 최목사님의 기도에 응답해주신 것을 확인할 수 있어 은혜를 받았다. 그러나 형제교회는 그동안 장소를 빌려서 예배를 드리던 처소에서 이제 나오지 않으면 안 될 처지가 되자 교회 위치선정 문제로 남과 북이 갈라지게 되었다.

거기에 더하여 후임목사 청빙 문제까지 맞물려 교회가 갑자기 혼란과 분열의 소용돌이에 휩쓸려 교인 수 700~800명까지 성장하던 교회가 제각각 뿔뿔이 흩어져서 남아있는 교인이 미쳐 100명이 채 안 될 정도가 되어 외부에서는 "형제교회 문 닫는다."라는 흉흉한 소문이 돌기에까지 이르렀다

대표기도 순서가 되어 단 위에 올라가면 기도에 앞서 눈물이 쏟아져 미쳐 기도를 마치지도 못하고 내려오기 일쑤였다

최목사가 은퇴 후 J 목사가 한국에서 청빙되었다.

당시 형제교회는 시애틀에서 가장 큰 미국 교회인 시애틀제일장로교회를 빌려 사용하고 있었다.

미국 교회는 처음에는 자비를 베풀어 월 렌트비를 파격적인 20불로

장로 장립식 때 최용걸 목사(왼쪽 4번째)와 함께

해주었다. 그러나 성도들이 자꾸 늘어 700명 정도가 되자 렌트비를 계속 올려 엄청 큰돈인 4000불까지 올렸을 뿐만 아니라 아예 쫓겨냈다.

그래서 교회 이전문제가 거론되었는데 남쪽으로 가자는 의견과 북쪽으로 옮겨야 한다는 주장이 맞서 분열이 되고 말아 성도가 100명까지 크게 줄었다.

외부에서는 형제교회가 곧 문을 닫는다는 소문까지 나 많은 교인들이 다른 교회로 가거나 새로 교회들을 개척하기도 했다. 그래서 지금도 여러 교회에서 주축이 되시는 분들 중에 형제교회 출신들이 많다.

그 후 은퇴 노인 목사님인 오덕유 목사님이 임시로 2달 동안 계시면서 성도들의 아픈 마음들을 치유해주셨고 심관식 목사님 부임 후 교회는 다시 안정을 찾고 300여명으로 회복되었다. 그러나 나를 포함해 많은 성도들에게는 당시의 분열로 받았던 상처들이 아직도 남아 있다고 본다.

고 심관식 목사

내가 당시 교회를 떠나지 않은 것은 내 믿음이 좋아서가 아니었다.

내 신앙의 멘토인 전기수 장로님은 교회 창립 멤버이신데 당시 집사님으로서 교회가 분열되지 않도록 울면서 기도했다.

나도 그 집사님을 따라 울며 기도했는데 당시 내가 한 기도에 크게 반성하고 회개하고 있다.

나의 기도는 반대파에 대한 저주 같은 것이었다. "교회를 깨고 나가는 저런 마귀 자식들을 하나님이 용서하지 말라"는 것이었다. 하나님을 보고 마귀라고 했으니 정말 큰 죄를 저지른 것이었다.

평생 당시 기도를 회개하고 있다.

PART 12

가정사역 10년

그러한 상처와 혼란은 1986년 2대 심관식 목사님의 부임과 함께 서서히 치유되고 회복되기 시작했다. 그러나 옛날의 형제교회 모습을 되찾기란 그렇게 만만치가 않았다

교인이 250-300에서 머물러 서서 더 이상 움직이지를 않았다.

당시에는 한창 이민의 물결이 몰려들 때라 매주 주일예배 때는 보통 3,4가정씩 신입교인 소개를 했지만 연말이 되어서 살펴보면 교인 수는 그대로 250-300 명 선에서 별로 달라지지를 않는 것이다

매주 신입교인은 등록을 하는데 이 원인이 무엇일까? 그러던 차에 한국 온누리교회에서 신앙생활을 하다가 1990년 초에 시애틀로 이민을 온 고등학교 2년 후배 되는 최명세 집사(그 후 목사님이 되어 사역을 잘 마치고 지금은 은퇴)를 만나서 교제하는 중에 한국에서 일어나고 있는 생생한 교계 현황을 자세히 들을 수가 있었다.

개신교를 이끌고 있는 4인방 (한국의 사랑의 교회 옥한흠 목사, 지구촌 교회 이동원 목사, 남서울 교회 홍정길 목사, 온누리 교회 하영조 목사) 이야기도 그때 처음 들어 보았다.

또 자신이 다녔던 한국 온누리교회는 뜨겁게 찬양하고 기도하고 여러 프로그램으로 은혜를 받는다고 자랑했는데 모두가 꿈같은 이야기였다.

왜냐하면 당시 형제교회는 분란이 많았다가 심관식 목사가 부임한

후 비로소 안정을 찾아가고 있을 때였다.

또 당시 시애틀의 한인 교회들은 큰 교회가 몇 백 명 정도이고 대부분 매우 보수적이어서 한국 같은 다양한 복음적인 프로그램을 하지 않았다.

예배시간에도 아멘 소리도 없이 조용히 예배드리고 복음 송 없이 찬송가만 부르는 교회들이 많았다.

10년이 지나도 교인들이 늘어나지 않고 부흥되지 않는 것이 참 답답했다. 더구나 97년에는 형제교회와 같은 규모이고 목사님 연령도 비슷한 시애틀한인연합장로교회 박영희 담임 목사님이 은퇴하고 후임 목사를 청빙한다는 소리가 들렸다.

그러나 형제교회는 목사님 은퇴 소식도 없었고 후임 목사 청빙도 추진되지 않아 그냥 300명 답보상태였다. 너무 답답했다.

제5회 가정사역 참가자들

이럴 때 한국에서 온누리 교회가 가정사역과 제자훈련으로 크게 부흥했다는 말과 그 내용에 내가 찾고 갈망하던 혁신적인 부흥 프로그램

91

이 바로 이것이라고 믿었다.

그때부터 어떻게 하면 형제교회에서 제자훈련과 가정사역을 할 수 있을까 골몰하기 시작했다. 그러나 평신도의 입장에서 이것을 한다는 것이 만만한 것이 아님을 깨닫는데 그리 오래 걸리지 않았다.

후배 집사에게 우리도 가정사역을 해봤으면 좋겠다며 한국 강사를 초청해 시애틀에서 하고 싶다고 말했다.

그는 강사가 고교 동창이기 때문에 시애틀에서 사람들만 모으면 책임지고 강사를 데려오겠다고 약속했다.

형제교회에서 추진하고 싶었으나 분위기가 굉장히 어려웠기 때문에 개인적으로 교회 밖에서 하기로 했다. 지금 생각하면 참 대단한 일을 했다고 감사한다.

막상 추진하려니 같은 교회 안에서도 사람 모으기가 참 힘들어 맨투맨으로 부탁했다. 가정사역 이야기를 하면 그런 것은 문제 있는 사람들이나 데려가라고 할 정도로 관심이 적었다.

정말 교인들에게 매달리다시피 부탁하여 형제교회 유사 이래 최초의 가정사역을 주수일 장로님 부부를 초청하여 90년에 26가족으로 시애틀 인근 Warm Beach 수양관에서 2박 3일 동안 실시했다.

첫날 오후에 수양관에 도착하여 강의를 마치고 부부 쌍쌍이 흩어져 침실로 들어갈 때 내일 아침에 일어나면 부부가 두 손 마주잡고 기도한 후에 모임 장소로 나오라고 강사가 강력하게 당부를 했다.

그런데 다음날 아침 약속된 시간이 지났는데도 한 부부가 나오지를 않았다.

그 부부의 경우 남편은 무척 참여하고 싶은 생각이 많았으나 부인은 끝까지 필요 없으니 안가겠다고 완강하게 거부했던 여 집사였다.

나는 이들이 첫날 강의를 듣고 시원치 않다고 생각해 밤에 집으로 가버린 것은 아닌 가 별의별 걱정을 하면서 강의를 들었다. 그런데 1시간 30분이나 지나 나타났는데 얼굴은 통통 부어 있었으나 표정만은 해맑았다.

이들은 30년 묵은 한을 풀고 나오느라고 늦었다며 미안하다고 말해 많은 박수갈채를 받았다.

하나님이 짝지어 주셔서 산다고 하지만 화성에서 온 남자와 금성에서 온 여자가 만나서 사는 것인데 어찌 불협화음과 갈등이 없을 수가 있겠는가. 더욱이 이민생활을 하는 우리 디아스포라들은 한번 내렸던 뿌리를 통째로 뽑아 전혀 생무지 새 땅에 가져다 꽂아놓고 이것이 자라서 열매 맺기를 바라는 것과 마찬가지이니 어떻게 갈등과 불협화음 없기를 바라겠는가.

사정이 이러하니 교회에서라도 이러한 사역이 반드시 필요하다고 생각하지 않을 수 없다.

가정사역 중에서도 강사의 간증이 큰 은혜를 주었다.

강사 부부는 자신들도 이혼 위기를 가정사역으로 극복하고 회복되고 보니 옆에 사는 대학 교수부부들도 문제가 있는

가정사역 강사 주수일 장로 부부와 아내가 즐거운 시간

것을 알고 자기 경험담을 들려주고 권했다고 한다.

남들에겐 멀쩡하게 보이는 대학 교수부부도 3년 동안 같은 방을 쓰지 않고 밥도 따로 먹고 서로 말도 하지 않을 정도로 갈등이 심각해 이혼 일보 직전까지 왔으나 가정사역으로 다시 회복되고 치유되었다며

경험을 통해 자신들과 같은 문제부부들을 위해 이 가정사역을 시작했다고 간증했다.

가정사역에는 형제교회 뿐만 아니라 다른 교회 교인들도 참가했다. 시애틀뿐만 아니라 타코마 지역에서도 사역을 실시할 정도로 큰 인기가 있었다.

참가자들이 성극을 하고 있다.

이 가정사역은 권준 목사가 담임으로 청빙되어 아버지 학교를 시작하기 전까지 10년 동안 매년 한 번씩 지속되었다.

10년 동안 모두 400여 부부가 가정사역을 받았는데 모두 눈물, 콧물까지 흘리면서 회개하고 새로운 가정, 서로 사랑하는 부부, 행복한 가정을 꾸리겠다고 다짐했다.

실질적으로도 그 후에 많은 가정들이 변화되어 갈수록 자발적으로 참여하는 가정들도 많아졌다.

처음에는 문제가 없다며 억지로 끌려온 가정들도 자신들의 문제점들을 모두 쏟아낸 후 새 가정으로 태어나는 경우가 많다.

당시 1차 가정 사역 참가비는 부부 당 150불이었다. 이것은 숙박비도 되지 않을 정도로 저렴해서 강사 사례비는커녕 항공기 티켓도 부담할 수 없을 정도였다. 그러나 주수일 장로는 이것을 모두 자비량으로 부담했다. 이 같은 이유는 주수일 강사 가정 형편이 넉넉해서 가능했기 때문에 이것도 은혜였다. 그래서 나는 다른 비용에는 부담 갖지 않고 오직 사람들만 모집하면 되었기 때문에 10년 동안 가정사역을 할 수 있었다.

정말 가정사역을 자비량으로 해준 주 장로는 그 후 권준 목사 청빙에도 큰 역할을 해줬기 때문에 내 개인뿐만 아니라 형제교회의 은인이라고 감사하고 있다.

이것은 최근까지도 형제교인들이나 권준 목사도 모르는 사실이었다.

이처럼 내가 처음 추진하고 시작해 10년 동안 계속된 가정사역이지만 모든 것은 하나님이 하신 것이라고 믿는다.

특히 이민생활에서 어려움을 겪고 있는 한인 가정들에게 소망과 용기를 주고 부부가 서로 사랑하고 부모와 자녀가 서로 사랑해 어려움들을 극복하고 행복한 가정을 만들기 위한 하나님의 특별한 은혜였다고 믿는다.

PART 13

권준 목사 청빙

시애틀 한인 형제교회를 1973년부터 다니기 시작했으니 벌써 51년이나 한 교회를 섬기게 되었다.

그야말로 형제교회의 산 역사이다.

그동안 많은 일들이 있었지만 특히 85년 장로 임직 후 하나님이 나를 쓰신 일 중에서도 가장 중요했던 것은 청빙위원이 되어 권준 담임목사를 청빙한 일로 정말 하나님의 은혜였다.

당시 형제교회와 함께 같은 미국 장로교(PCUSA) 교단에 있는 시애틀 한인 연합장로 교회가 비슷한 규모였는데 심관식 목사와 박영희 목사의 연령도 비슷해 서로 가까운 사이였다. 그래서 연합장로교회가 성전을 신축할 때 형제교회에서 일주일 헌금 전부를 연합장로교회에 헌금할 정도였다.

연합장로교회 박목사님이 은퇴를 선언하고 청빙위원회가 구성되었다는 소리가 들렸다. 그러나 형제교회는 아무런 은퇴 소리도 없어 언제 새 목사님이 오셔서 새롭게 부흥될 수 있을까 기도했다.

한편으론 새 목사님이 오셔도 오히려 문제가 되는 교회들도 있었기 때문에 지난번 친구가 이야기 했던 한국의 개신교를 리드하는 4인방 교회 젊은 부목사를 납치라도 해서 형제교회로 모시고 싶다는 생각이 들었다.

2년 후쯤 드디어 심목사님도 14년 동안의 목회를 마치고 1999년 말로 은퇴한다고 발표했다. 그런데 후임 목사는 본인이 좋은 목사를 구하겠다는 것이었다. 그 말에 장로님들이 이구동성으로 반대하고 청빙위원회를 구성했다.

청빙위원회는 당시 시무장로인 내가 부위원장이 되었고 청빙위원장 장로 1명, 집사 3명, 권사 1명으로 구성되었다. 그러나 내 손으로 내 맘에 맞는 목사님을 꼭 청빙하고 싶었다.

청빙위원회는 "28년 된 형제교회가 동사 목사를 청빙한다."는 광고를 냈다. 담임 목사가 아니라 동사 목사를 청빙하는 이유가 있었다. 그것은 형제교회는 이미 미래를 위해 영어 목회를 중요시하고 있었다.

영어 목회를 하던 프레드 최 목사가 대우를 잘 해주었는데도 교회를 떠나간 이후 김형중 목사가 영어 담당 목사가 되었다.

부임 초기 권준 목사가 중앙일보와 인터뷰하고 있다.

우리는 영어 목사를 붙잡기 위해 한어 담당(KM) 목사 밑에 영어 담당(EM) 목사가 있는 것이 아니라 EM 목사도 KM 목사와 같은 급이라는 조건으로 붙들어 둔 상태였다. 그래서 새로 오는 KM 목사는 담임 목사가 아니라 EM 목사와 같은 위치의 동사 목사로 해야 했다.

광고를 보고 3~40통의 이력서가 날아왔다. 그중에는 박사 학위를 가진 목사들도 있었지만 모든 목사들을 다 검토할 수도 없어 끙끙 앓아야 했다. 그때 한 성도가 권정 집사 동생인 권준 목사가 한국 온누리교회 부목사로 있다고 알려줬다.

권준 목사라면 예전 형제교회에 다녔던 어린 학생 모습이 떠올랐다. 까까머리에 손들고 찬송가를 부르던 모습이 생각났다. 그 어린 학생이 이젠 목사가 되었고 한국 온누리교회에 있다는 소리에 반가워 권정 집사에게 바로 전화해 동생 권준 목사를 좀 만나게 해달라고 부탁했다.

권정 집사는 마침 동생이 한국에서 수십 명 목회자들을 인솔하고 시카고 윌로우크릭 교회 컨퍼런스에 참석하고 한국으로 돌아가는 길에 부모님이 계시는 시애틀에 들릴 것이라고 알려줬다.

그러나 사실 어릴 때 보았던 학생이 목사로서 어떨지는 전혀 알지 못했다. 그때 온누리교회 주수일 장로가 번쩍 생각났다. 그는 나와 가정사역을 해온 온누리교회 장로이기 때문에 그를 잘 알 것이라는 생각이었다.

주수일 장로에게 전화를 해 권준 부목사 청빙을 이야기 했더니 말이 안 된다는 식으로 웃었다.

주장로는 언젠가 형제교회에서 가정 사역을 할 때 "아직도 이런 박물관에나 있어야 할 교회가 있느냐"며 고리타분한 교회로 비꼬기도 했는데 그런 형제교회에 젊고 유능한 권목사가 갈 턱이 없다고 했다. 또 현재도 그에게 눈독 들이는 교회들이 많다며 생각지도 말라고 했다. 이 말에 더 마음에 닿아 그에 대해 알려달라고 요청했다.

간곡한 부탁에 그가 영성이 충만하고, 모든 성도들이 좋아할 정도로 인품이 훌륭하다고 설명했다. 그러면서 절대로 형제교회 같은데 갈 사람이 아니니 꿈도 꾸지 말라고 했다. 나로서는 이보다 더 확실한 검증은 없었다.

정말 권준 목사를 청빙하는데 올인 해야겠다는 결심을 갖게 되었고 2달 후에 시애틀에 부모님을 만나러 온 그를 1대1로 만날 수 있었다.

먼저 약 2시간 정도나 정신없이 형제교회는 열린 교회, 영어세대를 위한 비전을 가진 교회일 정도로 앞서가는 교회라고 설명하고 "우리 형제교회에 오셔서 한번 손잡고 이민 교회의 Role Model Church로 한번 만들어 봅시다." 라고 죽기 살기로 간청했다.

대답을 기다리며 얼굴을 응시하니 한참 말이 없어 나도 말없이 그를 쳐다보았다. 잠시 후 그의 고개가 아래위로 끄덕끄덕 움직이는 것을 보고 이젠 되었구나 안심했다.

그런데 우려하는 몇 가지를 이야기했다.

우선 나이가 37세로 어릴 뿐만 아니라 어렸을 때 다녔던 교회에 담임 목사로 돌아가는 경우 예수님도 고향에서는 환영받지 못했던 것처럼 자신도 견딜 수 있을까 걱정된다고 했다.

사실 당시 시애틀 한인 교계에서는 30대 담임목사가 파격적이기 때문에 일부 장로들이 반대하기도 했으나 나는 한마디로 "권준 목사도 몇 년 후면 40세가 되는데 대통령도 할 나이이니 걱정하지 말라"고 단호히 말했다.

문제는 그것보다 다른데 있었다. 그는 한 가지 질문이 있다며 "동사 목사가 무엇이냐?"고 물었다.

나는 그동안 형제교회에서 한어권과 영어권이 조화롭게 발전하는 과정에서 Smooth 하게 차세대로 바톤을 넘겨주기 위한 준비단계로 영어권의 담당교역자를 한어권과 대등한 위치로 격상시키자는 취지에서 우리가 만들어낸 말이라고 좀 궁색하지만 설명을 하였다.

이에 대해 "그 취지에는 동감하고 전적으로 찬성을 하나 대외적으로는 두 명의 담임목사는 이상하고 한명의 담임 목사가 있어야 한다."고 주장했다.

나는 그 취지를 알아듣고 즉석에서 이 문제는 어떻게든 내가 정리를 해보도록 하겠으니 좀 기다려 달라고 부탁했다. 단 오늘 나눈 대화 중에 의견의 일치를 본 것은 변하면 안 된다고 단단히 못을 박았다.

제일 먼저 김형중 EM 목사를 만나 담판을 지었다.

"하나님께서 우리 교회에 보내주신 분이라는 확신이 들어 청빙을 하려고 하는데 동사 목사 조건이 걸린다."며 결국 동사 목사라고 하는 타이틀 때문에 하나님이 보내주신 목사를 놓쳐서는 안 될 것 같은데 한 번 잘 생각해 보자며 "그 결정은 당신 손에 달렸다"고 강조했다.

뜻밖에 김목사는 한국 연수 시절 권준 목사와 교제한 적이 있다며 다른 목사면 양보하지 않겠지만 권준 목사이니 자기가 양보하겠다고 말했다.

김목사의 양보로 당회에다 그간의 사정을 보고하고 권준 목사를 담임 목사로 청빙키로 결의했다. 그 후 2주간의 공고 후 공동의회에서도 통과되었고 마지막으로 노회에서만 승인받으면 되었다.

이제는 다 되었다는 기쁜 마음으로 노회에 청빙서류를 제시했더니 뜻밖에 안 된다고 한마디로 거절당했다.

형제교회는 교단이 미국장로교 PCUSA인데 권목사는 PCA 교단에서 안수를 받았기 때문이라는 이유였다.

그래서 시원치 않은 영어로 우리는 어떻게 해서든지 권준 목사를 청빙해야 하겠으니 좀 도와달라고 사정을 했다. 그러나 노회의 총무와 서기 목사는 "PCUSA 역사이래 전례가 없고 앞으로도 영원히 없을 것"이라고 쐐기를 박았다. 그래서 나는 "그러면 당신과 내가 오늘 새로운 역사를 만들어 봅시다."라고 간청했다. 그랬더니 딱 한 가지 방법이 있다며 그것은 권 목사가 PCUSA 목사 고시를 다시 보면 된다는 것이었다. 참으로 어이가 없고 기가 찰 일이 아닐 수가 없었다.

정말로 앞이 깜깜하고 울화가 치밀었다. 그래서 그들에게 질문을 던졌다. "혹시 당신이 믿는 하나님과 내가 믿는 하나님은 다른 분인가?" 이 같은 질문을 모욕적으로 느꼈던지 그들의 얼굴이 상기되어 한참을 화를 내기에 기다리고 있다가 한 가지를 더 물었다.

"당신은 목사를 안수한다고 할 때 그 안수는 사람이 하는 것이냐? 아니면 하나님이 하는 것이냐?" 이 말에 노회 목사들은 또한번 뒤집어지듯 더 화를 내었다. 그러나 목사 안수를 받고 5년이나 목회 경력을 쌓은 목사에게 다시 목사 고시를 보아야 한다는 모욕적인 언사는 자기들이 먼저 한 것이었다.

나는 그 자리를 그냥 포기하고 나올 수 없어 "만약 협조하지 않으면 우리도 비상수단을 강구할 수밖에 없다."라고 나도 모르게 강하게 나갔다.

당시 시애틀 PCUSA 한인 교회들은 한미 노회를 새로 만들려 하고 있었다.

12개 한인교회가 모이면 한인교회들끼리 따로 하는 한미 노회가 생기는데 형제교회 하나만이 그냥 미국 노회에 남기로 하고 반대해 한미 노회가 설립되지 못했다.

그래서 형제교회도 권목사를 청빙하기 위해 미국 노회를 탈퇴해 한미 노회로 들어가겠다고 위협 아닌 최후통첩을 했다.

그 후 내가 다시 노회와 부딪쳐서 싸우지도 않았고 권목사도 목사 고시를 보았다는 이야기도 들은 바가 없는데 노회는 그 후 청빙을 허락했다.

그렇다면 내가 그들에게 제안한 대로 PCUSA에 새로운 역사를 하나 만들어 놓은 셈이 아닐까?

뒤돌아보면 내가 권준 목사를 모셔왔지만 내 공로가 아니라 모든 것이 다 하나님과의 씨름 끝에 얻은 승리였고 기쁨이었다.

개신교 4인방 이야기를 듣게 된 것이나, 10년 동안 같이 사역을 한

장로장립식 때 변종혜 장로가 인사말을 하고 있다.

주장로를 통해 그를 알게 되었고, 시애틀에서 만나게 된 것도 사람이 추진한 계획이 아니고 다 하나님의 섭리와 인도하심이었다.

권 목사 청빙은 형제교회 역사에서 가장 큰 하나님 은혜였다. 위임 예배 후 나는 하나님이 내 꿈과 기도에 응답해주신 것으로 감사했다. 그런데 권목사가 부임 얼마 후 대예배 시간에 자신이 형제교회에 올 수 있게 된 것을 설명한 간증 비슷한 것을 듣고 다소 의아했다.

그는 신학교 졸업하고 목사 안수 후에 목회지로 어디를 갈까 기도했는데 한국 하용조 목사가 3년 정도 한국에서 목회 경험을 쌓으면 나중에 미국에서 한인 목회를 해도 좋겠다며 한국에 나올 것을 권했다고 한다.

열심히 3년을 한국에서 목회한 가운데 미국 여러 교회에서 청빙이 들어오자 미국에 들어가겠다고 했더니 하목사가 한마디로 안 된다고 거절했다. 할 수 없어 4년을 했으나 아직 안된다고 못 가게 했다.

꾹 참고 5년이 지난 후에야 하목사는 미국에 가도 된다고 허락했다. 그때는 미국에서 오라고 하는 교회가 없었다.

그래서 하나님에게 미국에서 제일 먼저 청빙하는 교회가 있으면 하나님이 지시하는 것으로 알고 가겠다고 기도했다. 이때 형제교회에서 청빙이 와서 하나님이 기도 응답해주신 것으로 알고 왔다고 간증했다.

그 간증을 듣는 순간 나에겐 갈등이 생겼다. 하나님이 평신도인 내

기도를 들어주셨는지 아니면 목회자 기도를 들어주셨는가 하는 것이었다.

순간 사도행전 10장의 고넬료와 베드로 이야기가 떠올랐다.

이방인 고넬료가 기도할 때에 환상 중에 하나님의 사자가 들어와 고넬료에게 사람들을 욥바에 보내어 베드로라 하는 시몬을 청하라고 말씀했다.

환상 가운데서 베드로는 갑자기 하늘이 열리고 네 귀퉁이가 동여매어진 큰 보자기 같은 것이 땅으로 내려오는 것을 보았다. 그 보자기 안에는 땅 위를 기어 다니는 뱀들이 있었고, 또 공중의 새들뿐만 아니라 온갖 종류의 네 발 달린 짐승들이 들어 있었다.

그때 하늘에서 음성이 들려왔다. "베드로야, 일어나서 그것들을 잡아먹어라."

베드로가 놀라 소리쳤다. "주님, 절대 안 됩니다! 저는 지금까지 불결하고 더러운 것은 한 번도 입에 대어 본 적이 없습니다."

그러자 두 번째로 음성이 들려왔다. "어느 것이든, 더럽다고 하지 말아라. 모두 하나님께서 깨끗하게 만드신 것이다."

이와 똑같은 환상이 세 번이나 반복되더니, 보자기는 갑자기 하늘로 다시 들려 올라갔다.

베드로가 그 환상이 무엇을 의미하는지 무척 궁금해 하는 동안에, 고넬료가 보낸 사람들이 시몬의 집을 찾아내어, 그 집의 대문 앞에 당도했다.

그리고 베드로와 고넬료가 만났는데 하나님은 고넬료 가정을 구원했을 뿐만 아니라 고넬료와 베드로를 사용해 이방 선교의 문을 열게 하신 것이었다.

이 같은 베드로와 고넬료의 성경 이야기가 생각나면서 "그렇구나 하나님은 나와 권목사를 형제교회 뿐만 아니라 땅 끝까지 복음 전파를 하도록 도구로 사용하셨다."는 생각이 들었고 하나님의 더 크신 뜻에 감사하지 않을 수 없었다.

그 후부터 나는 내 기도에 하나님이 응답해 주실 것을 믿고 기도하는 것이 아니라 하나님은 이미 우리에게 정하신 방향이 있으니 기도만 하고 따라가야 한다는 믿음을 갖게 되었다.

PART 14

변화의 시작

권준 목사가 2000년 1월 첫 예배를 드린 첫 주부터 교회에서는 큰 변화가 일어나기 시작했다.

첫 예배 전 권준 목사는 우선 장로님들에게 예배 시작 30분 전에 나와 교회 밖에서 성도들을 맞이해 줄 것을 당부했다. 또 교회 주차장이 10대밖에 없을 정도로 좁았기 때문에 장로님들은 교회 밖 2블록에 주차하고 걸어오실 것을 부탁했다.

이처럼 첫 주 예배 때부터 장로님들이 걸어오고 성도들에게 반갑게 인사하자 교인들 눈이 달라지기 시작했다.

예배시간에도 권목사가 기존 강대 위에 있던 목사님 의자를 치우고 성도들처럼 밑에 있는 장의자에 앉아 있다가 강대 위로 올라갔다.

친교시간에는 순원들이 식사를 나르게 되어있는데 권목사가 앞치마를 두르고 국그릇을 날랐다. 장로들도 같이 국그릇을 나르게 되었다.

이처럼 권위 의식을 버리고 성도들과 함께 예배드리고 친밀해지는가 하면 장로들부터 성도들을 섬기고 본이 되자 한 주 만에 교회가 눈에 띄게 달라졌다.

특히 시애틀 처음으로 아버지 학교를 비롯해 어머니 학교, 행복한 부부학교, 1대1 제자훈련, 시카고 윌로우 크릭 교회 컨퍼런스 참여, Eagle DTS 등의 여러 프로그램들을 실시해 그야말로 교인들이 크게 변화되고 은혜를 받았다.

소문이 나자 매주 새 성도가 늘기 시작했다. 앉을 자리가 없어 옆 벽을 허물고 성가대실에도 의자를 놓아야 할 정도였다.

6개월 후 권준 목사 위임예배가 있을 때는 한국 온누리교회 하용조 목사가 설교를 하였다.

하목사는 자신은 평생 소신이 한국 기성교회 95% 이상은 가능성이 없다고 믿었기 때문에 사랑하는 후배 목사가 미국의 28년 된 기성교회로 간다고 해서 극구 말렸다고 했다. 그러나 이번에 와서 보고는 자신의 소신이 틀릴 수도 있다는 것을 알게 되었다며 고백 아닌 고백을 했다.

이날 위임예배에는 귀한 손님들이 오셨는데 바로 권준 목사의 청빙이 된다 안 된다고 싸웠던 바로 그 노회의 총무와 서기 목사였다.

그들은 나를 만나서 눈빛을 어디로 돌려야 할지 몰라 곤혹스러워하던 모습이 지금도 떠오른다.

그때는 왜 그들이 그래야만 했을까? 교단이라는 것은 도대체 무엇이라는 말인가 하는 의구심을 지금도 지울 수가 없다.

하목사는 예배 후 장로들을 불러 한국 온누리교회는 팀 사역과 네트워크 사역을 한다며 형제교회도 온누리교회 네트워크에 들어올 것을 권했다.

그러나 장로들은 온누리교회와 팀 사역을 하는 것은 좋으나 이름은 그내로 형세교회로 남겠다고 네트워그는 반내했나.

PART 15

1대 1 제자훈련

권준 목사 오기 3년 전부터 교회 부흥을 위해 제자훈련을 주장했다. 그러나 장로들은 이미 심목사님이 매주 성경문제를 성도들에게 배부하는 등 열심히 하고 있다며 반대했다.

나는 제자훈련은 성경공부와는 다르다고 생각했으나 자세히 알지 못했기 때문에 설명을 할 수 없어 답답했다.

관련 책을 서점에서 찾던 중 옥한흠 목사의 '평신도를 깨운다' 제자훈련 교재를 발견하고 구입해 읽었다. 읽자마자 '아, 이런 게 있었구나.' 할 정도로 바라던 교재였다. 교재를 창립멤버인 전기수 장로에게 빌려주고 한번 읽어보라고 했더니 다음날 바로 도로 가져왔다.

읽지도 않은 것 같아 실망해 물어보니 너무 좋은 내용이 많아 밑줄을 칠 곳이 많은데 남의 책이라 할 수 없어 자신도 서점에서 구입했다고 말했다.

너무 감격하고 고마워 책을 다른 장로에게 빌려줬다. 그러나 그 장로는 "좋긴 좋은데 우리 교회에서는 그게 되겠느냐"며 반대했다. 그래서 교회는 계속해 3년 동안 성경공부 관련 교재들만 공부를 했으나 효과가 없었다.

그러던 중 권준 목사가 취임 후 아버지 학교와 함께 1대 1 제자훈련을 실시한다고 했으니 참으로 기뻤다. 할렐루야!

권목사는 제자훈련 첫 시간 오리엔테이션에서 장로들에게 제자훈련의 원리 4가지를 설명했는데 나는 첫마디에서 "왜 3년 동안 우리는 안 되었는가?" 그 이유를 알게 되었다.

권목사는 "제자훈련은 성경공부가 아니라 제자가 제자를 낳는 재생산이 목적"이라며 "예수님은 12 제자를 하늘로 불러 3년 동안 훈련시킨 것이 아니라 이 땅에 내려와 훈련시킨 것은 우리 눈높이에 맞추기 위한 것"이라고 말했다. 그래서 "목사, 장로, 집사 우리 모두는 계급장을 떼고 제자훈련을 해야 한다."고 강조했다. 그 말에 충격을 받을 정도였다.

특히 "제자는 자기를 부인하고, 십자가를 지고, 주님을 쫓는 자로서 끊임없이 자기완성을 위해 항상 공사 중이어야 한다."고 강조했다.

"또 네가 많은 증인 앞에서 내게 들은 바를 충성된 사람들에게 부탁하라 그들이 또 다른 사람들을 가르칠 수 있으리라"(딤 후서 2:2) 말씀처럼 훈련받은 사람이 다른 사람을 가르치고, 그 사람이 또 다른 사람을 가르치는 다단계식이 제자훈련의 법칙이라고 설명했다.

마지막으로는 "제자양육 원리 4가지에는 1. 교제성, 2. 훈련성, 3, 사역성 4.치유성이 있는데 1-3가지를 다해도 4번이 없으면 실패다."라고 설명했다.

그러고 보니 3년 동안 교제, 훈련, 사역을 다 했어도 치유역사가 없었기 때문에 단지 성경공부에 그쳐 효과가 없었다는 것을 알 수 있었다.

제자훈련의 원리를 알게 되지 지원해서 제자 훈련 양육부 부장을 맡아 3년 동안 봉사했다.

양육부장이 하는 일은 양육훈련을 마친 양육자와 훈련을 받을 동반자를 연결해 주는 것이었다. 그런데 양육자 70-80%가 "내가 어떻게 양육을 할 수 있느냐"며 거절하거나 주저했다.

그런 어려움이 많자 한 아이디어를 내었는데 효과가 컸다. 주저하거나 거절하는 사람들에게 "당신은 교만하다"고 불쑥 말했다. 그러면 그들은 펄쩍 뛰며 "왜 내가 교만하냐?"고 화를 내기도 했다.

나는 "당신이 양육을 받고 순종만 하면 상대방을 훈련시키고 은혜를 주고 치유하는 것은 하나님이 다 하신다."며 "하나님이 아니라 당신이 훈련시키고 변화시킨다고 생각하는 것은 교만한 것"이라고 날카롭게 지적했다.

이 기간 수많은 변화들이 일어났다.

한 양육자 여성의 경우 처음에는 거절했지만 교만하다는 질책을 받고 당시 별거중이고 어려운 형편의 여성을 동반자로 훈련을 시켰다. 그 결과 이 여성의 가정이 화합되었고 남편도 제자훈련을 받고 목사가 되었다며 양육자 여성은 하나님이 하셨다고 기뻐했다.

이런 일도 있었다.

한 동반자가 가르쳐줄 양육자를 신청했는데 집이 멀어 쉽게 구할 수가 없었다. 그런데 이 남성이 양육자로 K장로를 신청했다.

K장로는 바로 내가 양육자로 훈련시켜주었기 때문에 반가워서 K장로에게 그 사람 이야기를 했더니 놀라는 것이었다.

K 장로는 나에게 훈련받을 때 관계가 틀어져 3년 동안 왕래가 없는 친구를 위해 서로 기도했는데 바로 그 친구가 신청한 것이었다. 이들은 처음에는 악연으로 생각해 반대하기도 했지만 하나님 기도응답으로 알고 제자 훈련을 했다. 그리고 일주일 한번 씩 만나는 훈련을 통해 결국 화합하는 좋은 결과를 낳기도 했다.

그 외에도 다 말할 수 없는 놀랄만한 간증들이 많이 일어났다. 나는 단연코 형제교회가 지금처럼 대형교회로 움직일 수 있는 것은 1대1 제자훈련이 견인 동력이라고 확신한다.

제자훈련은 그때부터 지금까지 계속되고 있는데 지난 4월 주일에도 제자훈련 양육 졸업생들이 93명이나 되었다. 놀라운 것은 이제 옛 사람들은 끝났고 다음 세대들로 넘어가 훈련을 받고 있는 것이다. 이 같은 체험을 통해 나는 신앙생활에서 하나님이 기도에 응답해주신다는 것을 확신하고 있다.

초창기 최용걸 목사님이 그 당시에는 잠꼬대 같은 기도를 하셨지만 결국 정확히 이뤄졌다.

교회 컨퍼런스도 6년 동안 징징대며 기도한 것이 응답되었고 베이징 교회 컨퍼런스도 2년 후 제주도에서 이뤄졌다.

누가복음 18장에서 예수님이 불의한 재판장도 번거롭게 찾아가 부탁하는 과부의 원한을 풀어준 비유를 말씀하시고 "항상 기도하고 낙심하지 말아야 할 것"을 강조하신 것처럼 기도의 요령은 항상 징징대며 매달리는 것이라고 믿는다.

PART 16

아버지 학교

권준 목사는 2000년 부임하자마자 가정 사역을 시작하려 했다.

가정사역은 아버지 학교, 어머니 학교, 행복한 부부학교 등이었다. 그러나 내가 이미 10년 동안 개인적으로 가정사역을 하고 있었기 때문에 이 가정사역이 끝나기를 기다렸다가 아버지 학교를 먼저 시작했다.

권목사는 오자마자 이 같은 가정사역을 준비했다.

당시 옛 형제교회는 본당 좌석이 장의자로 앉게 되어 있어 300명만 되면 성전이 꽉 차고 비좁았다.

어느 날 권목사가 혼자 말로 "저 장의자를 뗄 수 없나?" 말하는 것을 듣고 나는 의자 볼트만 빼면 다 뗄 수 있다고 했더니 그렇게 하자고 요구했다. 이 같은 이유는 아버지 학교를 조별로 진행하려면 여러 개의 둥근 원탁의자가 필요했기 때문이었다.

당시 권목사 부임 후 교회가 하루하루 달라지고 있었기 때문에 그날로 바로 장의자들을 철거하고 접는 의자를 놓아서 공간이 훨씬 넓어졌다.

아버지 학교가 시작될 때 우리는 처음이어서 어떻게 할 줄을 몰랐는데 갑자기 한국 온누리교회에서 25명이 봉사자로 참가해 놀랐다. 이들은 모두 아버지 학교 제복을 입고 들어와 본당의 접는 의자를 모두 치우고 원탁의자를 배치하는 등 모든 준비를 다해 주었다. 마치 그들이 주인이고 우리는 손님 같았다.

아버지 학교에서는 우리가 해보지 못했던 프로그램들로 진행되었지만 주제는 "아버지가 살아야 가정이 산다."는 것이었다. 즉 아버지가 살려면 가정의 영적 리더로 살아나야 한다는 것이었다. 그러나 우리 아버지는 지금까지 그런 교육을 받아본 적도 없고 훈련을 받은 적도 전혀 없었다.

토, 주일 이틀간 2주에 걸쳐 실시한 부부학교에서는 부인과 자녀들에게 편지를 쓰도록 하는 숙제가 있는데 잘 하지 않은 사람도 있었다.

어떤 집사는 편지를 다음 시간에 제출해야 하는데 하지 않았다. 그리고 미안하니까 마지못해 종이 한 장 달라고 해서 "아빠가 너를 사랑한다." 한 줄만 써서 이름 쓰고 냈다.

며칠 후 그는 집에 갔다가 충격적인 장면을 당했다. 아무 생각 없이 퇴근해서 집에 들어갔는데 중학생 딸이 뛰어나와 그의 목에 매달리며 "아빠 나도 사랑해요"라는 말을 하는 것이었다.

영문을 몰랐는데 알고 봤더니 아버지 학교에서 그 편지를 우편으로 집으로 보냈는데 딸이 생전 처음으로 아빠에게서 사랑한다는 편지를 받고 기뻐한 것이었다. 그 집사는 자기가 마지못해 한마디 쓴 것도 아이를 감동시킨 것을 알고 진작 편지를 제대로 쓸 것하고 후회했다. 그런 식으로 아버지들을 크게 변화시켰다.

나의 숙제는 내 딸이 자랑스러운 이유 20가지를 쓰고 딸과 데이트를 하고 와서 결과를 보고하는 것이었다. 처음에는 20가지나 뭘 쓸게 있나 했는데 생각하며 쓰기 시작하니까 한없이 많았다.

큰딸은 보스톤에서 직장 생활을 하고 있으니 우편으로 보냈다. 둘째 딸 미원이는 고등학생으로 같은 교회에 다니고 있어 나는 데이트 날짜를 알려주고 준비하도록 했다.

그날이 되자 마침 교회 여름 성경학교에서 봉사하는 딸에게 꽃다발을 사가지고 찾아갔다. 그런데 봉사활동 중이어서 옷차림이 반바지에 셔츠차림이었다. 나는 고급 레스토랑을 예약했는데 그 옷차림이면 맥도널드나 가야겠다고 말했다. 그러자 미원이는 금방 눈치를 채고 잠간 기다리라고 하더니 어디서 긴 드레스 하나를 빌려 입고 왔다.

레스토랑에서 음식주문 후 편지를 주고 한번 읽어보라 했다. 그러면서도 딸이 한글을 읽고 이해할 수 있을까 걱정했다. 그런데 미원이는 편지를 읽으면서 점점 더 얼굴이 새빨개지더니 고개가 자꾸 내려갔다.

한참 후 다 읽었느냐 물으니 고개를 끄떡끄떡했다. 다 이해할 수 있느냐 물으니 다 이해한다고 했다. 그 말에 "하나님 감사합니다."가 절로 나왔다.

큰딸은 한글을 잘 읽어 걱정하지 않았지만 작은 딸은 내가 통합학교를 만들어 제 일착으로 보냈는데 그곳에서 한글을 배워 이해하는 효과가 난 것이었다.

아버지 학교에서 두 딸들에게 쓴 편지

다 읽은 딸에게 "아빠에게 할 말 없느냐?" 물으니 딸은 닭똥 같은 눈물을 흘리며 "말 시키지 마, 나 밥 못 먹어" 하고 울먹였다. 말하지 않아도 부녀간의 사랑을 확인한 순간이었다.

나뿐만 아니라 거의 모든 아버지들이 평소 그런 이벤트를 갖지 못하는데 아버지 학교에서는 이 같은 이벤트를 만들어줘 가정을 변화시키는 것이었다.

나는 아직도 그때 두 딸들에게 보낸 편지들을 결혼 25주년 때 은쟁반에 새겨 아내에게 준 편지와 함께 지금까지 간직하고 있다.

○ 큰 딸 미경이에게 보낸 "내 딸이 사랑스럽고, 자랑스러운 이유 20가지"

1. 이 아빠에게 처음으로 아빠가 된 감격을 맛보여준 딸.
2. 이 아빠가 미국에 갈 생각을, 더욱 굳힐 수 있게 해준 딸. 그래서 지금 Christian으로서의 삶을 살아가게 한 딸.
3. 처음 미국에 와서는 아빠보다 더 유명해져서 "아 미경이 아빠셨군요"라는 인사를 받고 아빠가 흐뭇한 기분을 느끼게 했던 딸.
4. 미국에서 처음 Baby Sitter에게 가던 날 기꺼이 엄마 아빠에게 'Bye Bye' 하고 손을 흔들어 주어 엄마 아빠의 어려움을 덜어 준 딸.
5. 3살 때 교회 강단 위에서 수백 명 앞에서 이쁘민을 주목하고 마이크에 대고 큰 소리로 "아빠 나 잘하지?" 해서 많은 사람에게 웃음을 주었던 딸.

-이하 생략-

○ 둘째 딸 미원이가 사랑스럽고 자랑스러운 이유 20가지

1. 엄마, 아빠가 나이가 많아져서 더 이상 애기를 낳을 수 없을 때, 엄마, 아빠의 기도대로 이 세상에 태어나서 엄마 아빠를 뛸 듯이 기쁘게 해 준 딸.
2. 태어날 때는 너무 작게 나와서 좀 걱정을 했으나 건강하게 자라준 예쁜 딸.
3. 돌아가신 할머니, 할아버지가 처음 미국에 오셨을 때 엄마 뱃속에 생겨서 할머니, 할아버지를 기쁘시게 해드린 딸.
4. 언니와 나이 차이가 많아도 언니의 좋은 친구가 되어준 딸.
5. 그래도 언니를 어렵게 알고 언니 말에 순종하는 딸.
   -이하 생략-

한편 보스톤에 있는 큰 딸의 경우 내가 보낸 편지를 책상 유리 밑에 간직하고 있었는데 미국 동료들이 이게 무엇이냐고 물을 때면 꺼내서 영어로 아빠가 보낸 러브레터라고 자랑스럽게 읽어줘 사무실에서 큰 인기를 끌었다고 한다.

특히 큰딸의 경우 아버지날에 답장을 보냈다.

Happy Father's Day
Dear Dad
You guide us,
You teach us,
You remind us,
You love us

Your life is an example for
me and Jennifer to follow

We admire you,
respect you,
listen to you,
learn from you,
and want to be like you.

God bless you today

I'll be thinking of you

love
-M

HAPPY FATHER'S DAY!

Dear Dad
you guide us,
you teach us,
you remind us,
you love us

your life is an example for
me and jennifer to follow

We admire you,
respect you,
listen to you,
learn from you,
and want to be like you.

God bless you today

I'll be thinking of you.

love,
-m

아버지 날에 큰딸이 보내온 편지

특히 아버지 학교는 마지막 날에 부인을 초청해 발을 씻겨주는 세족식을 거행해 눈물이 뒤범벅되는 난리가 났다. 이렇게 시작된 아버지 학교는 지금까지 계속되고 있다. 이제는 시애틀뿐만 아니라 미 전국, 중국, 남미 등 전 세계에서 형제교회 봉사팀에 의해 실시되고 있다.

처음 실시할 때 내가 충격받은 것이 있었다.

한국 온누리교회에서 온 봉사자들은 모두 비행기 표 등 모든 경비를 교회 지원이 없는 자비량으로 온다는 것이었다.

아버지 학교는 라운드 테이블에 7,8명이 조별로 나뉘어 진행하는데 특히 우리 조장은 생활이 넉넉지 않아 타고 다니던 중고차를 팔아 여비를 마련해 왔다는 소리를 듣고 감동받지 않을 수 없었다.

10년 동안 가정사역을 해주었던 주수일 강사도 자비량이었지만 그 장로님은 여유가 있었고 선후배 관계였다. 그러나 이번에 참가한 봉사자들은 전혀 관계가 없는데 이 같은 봉사를 무엇이 가능케 하는지 이해하지 못했다. 그러나 지금 형제교회 성도들이 아르헨티나, 과테말라의 아버지 학교를 비롯해 교회의 단기 선교 등 모든 사역을 자비량 원칙으로 실시하는 것을 보며 우리가 은혜를 받고 변화가 되면 가능하다는 것을 깨닫고 있다.

형제교회에서는 아버지 학교에 이어 어머니 학교도 첫 회에 가정생활 세미나로 경험이 있는 아내 변영숙 권사가 맡아 시작되어 지금까지도 매년 계속되고 있다.

어머니 학교는 성경적 어머니 상을 제시하고 여성성 회복을 통해 이 시대 어머니의 정체성을 정립시켜 나아가는 것이 목적이다. 또 여성이라면 누구나 참여해서 자신의 삶을 성경적으로 비춰보고 한 여인으로서, 아내로서, 어머니로서의 정체성을 회복할 수 있는 시간이 되고 있다.

PART 17

교회 통합

2002년에 린우드에 있는 사랑의교회(송영세 목사)와 형제교회가 통합된다는 이야기가 들렸다.

100여명의 성도가 있는 사랑의 교회가 형제교회에 통합되는 것을 원한다는 소리를 들었는데 나는 즉각적으로 적극 찬성했다.

왜냐하면 그동안 형제교회가 초창기에 분열되고 깨어져 나가는 것을 목격했지만 통합해 본적은 없었기 때문이었다. 그래서 내가 한번 해보자고 앞장서서 발 벗고 나섰다.

통합에 대해 형제교회에서는 군말이 없었지만 사랑의교회에서는 "왜 큰 교회에 먹히느냐? 그럴 필요 없다."며 반대하는 사람들이 많은 말썽이 있었다. 그래서 이 같은 문제를 해결하기 위해 송목사와 개인적인 교분이 있는 내가 나서기로 했다.

송목사는 한국 온누리교회에서 온 내 고교 후배와 가까웠기 때문에 나도 송목사와 가까워져 1년 동안 일주일에 한번 씩 만나 셋이 따로 사랑의교회에서 새벽기도를 한 적이 있었다. 그때 형제교회는 새벽예배가 없을 때었다.

나는 송목사에게 통합에 반대하는 교인들을 모아주면 내가 맨투맨으로 설득해 보겠다고 요청했다. 송목사도 좋다며 적극 부탁했다.

20여명이 모인 자리에서 나는 형제교회 장로라고 인사하고 형제교회가 어려움을 당해서 100명 미만으로 성도가 줄어들고 문 닫는다는 소문날 때 겪었던 아픔을 다 털어 놓았다.

특히 "당시 하나님을 믿는다는 사람들이 서로 상대를 마귀새끼라고 손가락질하고 비난했는데 그러면 하나님 아버지를 마귀라고 불렀으니 우리가 죄지었다. 지금 생각해보니 큰 죄를 지었으니 하나님께 용서 빌어야 하는데 용서 빌 방법을 찾아야 한다. 깨지는 아픔 당했으면 합치는 것도 있어야 하나님께 용서받을 수 있다. 그런 마음으로 여기에 왔다. 깨지는 것은 예를 많이 보았지만 합치는 것은 보지 못했다. 합쳐서 하나님께 칭찬받는 일을 해보자. 형제교회가 크다고 통합하자는 것이 아니라 하나님에게 정말 석고대죄 회개하고 하나님 앞에 바로 서는 일을 해보자."라며 정말 간절하게 이야기했다.

이 같은 설득에 반대했던 사람들 대부분이 동감하고 따라왔다. 그래도 몇 사람은 따라오지 않았지만 시간이 지나니 다시 하나 둘 돌아왔다.

교회 통합 후 이제 20년이 지났다.

정말 하나님께 감사한다. 지금까지 송영세 목사와 권준 목사 사이에 서로 의견 충돌이 있던 것을 본적이 없다.

송목사는 통합할 때 부목사로 들어와 열심히 사역을 했고 교회 네트워크로 다운타운과 벨뷰 지교회가 생겨서 현재는 벨뷰 교회를 맡고 있다. 두 분이 정말 자랑스럽다.

하나님이 형제교회를 사랑하는 증거로 믿는다.

PART 18

Church Conference

권준 목사가 2000년 3대 담임 목사로 부임한 지 불과 몇 개월 만에 느닷없이 시카고 Willow Creek Church 리더십 컨퍼런스에 다녀오면 좋겠다며 같이 가기를 희망하는 교인들은 등록을 하라고 게시판에 공고했다.

나는 권목사가 37세로 너무 젊거나 어려서 무엇을 몰라도 너무 모른다고 생각했다. 각박한 이민생활로 바빠 주일에 자기 교회 가기도 힘든 데 일주일을 제치고 남의 교회를 견학한다는 것은 말이 되지 않은 것 같았다.

그래서 이 프로그램이 무산되도록 로비를 하고 다녔다. 그런데 한 두 명이 등록을 시작하더니 50명을 넘어가게 되자 이러다간 나만 홀로 교회를 지키게 되겠구나 하는 생각에 겁이 덜컥 나서 얼른 등록을 했다.

그렇게 해서 당시 300여명 정도 출석하는 교회에서 59명이 몰려가게 되었다. 하나님의 기적은 거기서부터 이미 시작되었다. 그곳에 가시는 매 순간이 김동이요 은혜의 연속이있다.

허허벌판 같은 교회 주차장에 4500석의 본당, 매시간 강사들의 우리 영혼을 뒤흔들어 놓기에 부족함이 없는 열강, 수천 명의 참석자들이 정해진 점심시간 한 시간 동안 식사를 마치고 강의실에 안내되는 일사분란함, 청결한 화장실 등-. 특히 무언극 등 예수님을 전하기 위해서 우리가 생각할 수 있고 사용할 수 있는 모든 수단과 방법을 다 동원하는 열정 등-. 눈에 보이는 것, 귀에 들리는 것이 감동 아닌 것이 없었다.

교회 담임이신 Bill Hybels 목사님의 설교 중 한마디가 내 영혼에 깊이 각인되어 평생에 잊을 수 없는 은혜가 되었다.

"여러분 이번 컨퍼런스에는 전 세계에서 5000명 조금 넘게 참가했습니다. 이 컨퍼런스를 은혜롭게 잘 진행하도록 1400명의 자원봉사자가 수고하고 있습니다."

그 말씀을 듣는 순간 나의 머릿속이 뻥 뚫리면서 "아하 이것이 교회구나"하는 깨달음을 얻게 된 것은 더할 수 없는 하나님의 은혜였다.

교회의 주인이신 예수님께서 감히 엄두도 내기 어려운 5000명 컨퍼런스를 주관하실 때 목회자와 1400명의 평신도를 동역자로 불러서 예수님, 목회자, 평신도가 3위 일체가 되어서 팀 사역을 이루어 나가는 것 그것이 교회의 본질이라는 것을 알게 되었다.

주차장에서 안내를 하던 분들, 안내지를 잔뜩 들고 만면에 웃음을 띠며 안내를 하던 80이 훨씬 넘어 보이던 할아버지, 점심식사를 준비하던 주방식구들 모두가 1400명 중의 하나였다.

나는 마침 다리가 잘려서 Wheel Chair에 앉아 있는 장애인을 보고 움직일 수가 없었다. 그 장애인은 휠체어 등받이 앞에 비닐봉지를 잔뜩 싣고 손으로 열심히 바퀴를 굴려 가면서 5000명이 쏟아내는 쓰레기통을 쫓아 다니면서 가득 찬 비닐봉지를 꺼내고 새 봉지로 갈아 놓고 또 열심히 바퀴를 굴려 옆에 있는 쓰레기통으로 가는 등 정말로 열심히 그 일을 계속하고 있었다.

그 장면을 보는 순간, 그 사람도 1400명 중의 한사람이라면 나도 1400명의 하나가 되어 이 엄청난 주님의 사역에 동참 할 수 있다는 생각이 들었다.

개인적으로 나는 컨퍼런스를 통해 하나님 아버지에 대한 그때까지의 이미지를 바꿀 수 있었다.

나의 경우 아버지에 대한 인상은 어렸을 적 시골에 살았을 때 형제 8남매가 방에서 함께 재잘거리고 노래하며 놀다가도 아버지가 문을 열고 들어오시면 모두들 벌떡 일어나 뒤로 싹 흩어져 있다가 슬금슬금 눈치보고 다 밖으로 빠져 나갈 정도로 아버지는 무섭고도 가깝지 않았다. 그래서 하나님 아버지도 나의 친아버지 같은 인상의 무섭고도 엄격한 아버지였다.

그러나 미국 교회 컨퍼런스에서는 그들이 믿는 하나님 아버지와 나

권준 목사가 설교하고 있다.

의 하나님 아버지는 똑같은데 그들은 하나님 아버지를 친아버지처럼 같이 씨름하고 같이 놀고 친밀하게 대하고 있어 너무 부러웠다. 나도 저런 아버지를 하나님 아버지로 믿고 싶다는 생각이 들었다.

그래서 컨퍼런스를 통해 하나님 아버지를 그들처럼 부드럽고 친밀한 아버지로 여기게 되었다. 나의 아버지뿐만 아니라 옛날 대부분의 한국인 아버지는 엄격했기 때문에 하나님 아버지도 그같이 생각할 수 있었는데 나의 신앙생활에 큰 전환점이 되었다.

수원에서 컨퍼런스를 할 때 이 같은 짧은 간증을 했는데 많은 사람들이 은혜를 받은 것 같았다.

특히 우리 형제교회도 빨리 주님 기뻐하시는 성숙한 교회로 세워져서 열방의 많은 교회 지도자들을 불러 모아 이런 컨퍼런스를 열고 나

도 그 1400명의 하나가 되어 주님과 동역을 하게 된다면 얼마나 보람 있는 일이겠나 하는 꿈을 꾸었다.

부지불식간에 입 밖으로 불쑥 튀어나온 말이 "목사님 우리 형제교회도 이런 교회 컨퍼런스 합시다."이었다.

그러나 당시 교인 300여명 되는 28년 된 골통 보수 장로교회에서 무엇을 가지고, 무엇을 보여주자고 컨퍼런스를 하자는 말인가 생각을 해보니 실수라도 한 것 같아 민망한 생각도 들었다.

하지만 그 엄청난 감동 중에 생기게 된 그 꿈이 너무 귀하고 소중하고 버리기에 너무 아까워서 그 꿈이 이루어지게 해달라고 기도를 시작했다.

아침에 눈뜰 때나, 저녁에 이불 속에서 잠들기 전, 낮에 차를 운전할 때도 언제든지 생각날 때마다 "하나님 우리 형제교회도 그런 교회 컨퍼런스를 할 수 있게 해주세요. 그래서 많은 교회들에게 감동과 꿈을 줄 수 있는 교회 되게 해주세요." 기도했다.

그러던 중 어느 주일 대예배 시간에 권목사님이 느닷없이 "우리 교회도 내년에 교회 컨퍼런스 할 것을 계획 중에 있다."고 광고했다. 그 순간 마치 고압전기에 감전된 것 같은 충격과 함께 "아이쿠 하나님" 하는 신음을 토해낼 수밖에 없었다.

우리의 작은 신음에도 응답하신다는 바로 그 하나님이 성큼 내 앞에서 다가서신 것 같은 감격과 두려움이 엄습했기 때문이었다. 그렇게 시작한 형제교회 컨퍼런스는 15회까지 성공적으로 진행되었으나 코로나 펜데믹으로 아쉽게 중단되었다.

제7회 형제교회 컨퍼런스에 조장으로 섬기고 있던 중에 중국 베이징에서 온 장영생 목사를 알게 되었다.

그는 듣기로 중국내 조선족 교회의 대표주자일 정도의 촉망 받는 목회자인데 벌써 2번이나 참가하였다. 그래서 "목사님 올해도 또 오셨군요." 하고 인사를 하니 "올해도 은혜를 많이 받고 있습니다."라고 화답했다.

나는 "아니 목사님 혼자만 은혜 받으시면 뭐합니까? 다음번에는 베이징에서 목사님 주관으로 교회 컨퍼런스를 한번 계획해 보시면 어떻겠습니까. 비자문제와 경비 문제 등으로 많은 목회자 분들이 미국에 오고 싶어도 못 오시기 때문에 현지에서 개최할 수 있도록 한번 기도해 보시면 저도 시애틀에서 기도하겠습니다."라고 말했다. 그러나 장목사는 긍정도 부정도 아닌 어정쩡한 표정으로 나를 쳐다보고 떠났다.

후에 중국통인 김장로님을 만나 이 같은 이야기를 했더니 지체없이 나에게 면박이 쏟아졌다.

베이징에서 교회 컨퍼런스를 하다가는 공안에 한 묶음으로 체포될 것이라는 것이었다. 그 같은 말에 현지 사정을 모르고 실수를 했구나 생각했고 장목사에게 큰마음의 부담을 주었다고 걱정했다.

단지 하나님에게 나의 마음을 올리고 기도만 할 수밖에 없었다. 그런데 2년 후 자매교회인 제주도 서귀포 중앙교회에서 중국 목회자들을 위한 교회 컨퍼런스가 형제교회 주관으로 열리게 되어 놀라지 않을 수 없었다.

베이징에서 할 수 없는 교회 컨퍼런스가 제주도에서 열리니 중국 목회자들은 비자 없이도 올 수 있어 모두 82명의 조선족 목회자들이 참가했다.

정말 하나님은 내가 원했던 것보다 더 좋은 방법으로 더 넘치게 응답해주셨다.

제주도 교회에서는 중국 목회자들을 최고로 대우해줘 은혜 충만한 컨퍼런스가 되었다.

마지막 날 20여 명씩 반을 만들어 분반 토론을 하는데 한 조선족 목사가 문제가 있다며 조선족 지하교회들이 대부분 시골에 있는데 성도들이 도시로 많이 나가 교인 수가 줄어들고 있다고 우려했다.

나는 이 말을 듣고 "중국에서 오신 목회자님들, 우리가 여러분들을 제주도에 모신 목적은 단순히 조선족 교회 부흥을 시키자는 것만이 아닙니다. 여러분들은 중국 한족 목회도 할 수 있고 더 나아가 13억 중국 대륙을 하나님 말씀으로 갈아엎을 수 있다는 꿈을 안고 돌아가시길 바랍니다."라고 강조했다.

이 말에 장목사는 주먹을 높이 들고 "우리 모두 은혜받고 꿈을 가지고 돌아가서 중국 대륙을 갈아 엎읍시다."하고 소리쳐 사기가 충천했다.

참석자들은 우리가 이렇게 중요한 위치에 있는 줄을 몰랐다며 고백을 하고 새로운 각오들을 다졌다.

그때 다진 꿈들이 중국 대륙에서 조용히 이뤄지고 울려 퍼져 중국 대륙에 넘쳐흐르길 지금도 간절히 기도하고 있다.

PART 19

하나님께서 해주신 성전 건축

권준 목사 취임 후 성도들이 크게 늘어나자 교회가 너무 좁아 더 큰 건물로 몇 번 이사를 가야하는 불편을 겪어야 했다. 심지어 부흥회에서 은혜를 받는 중에 쫓겨나는 셋방살이의 서러움도 있었다.

쇼어라인 커뮤니티 강당으로 갔다가 바텔 교회를 빌리기도 하고 바텔 상용 빌딩을 렌트하기도 했다. 건물이 좁아 다른 곳으로 옮기지만 옮기는 족족 또 건물이 꽉 차 또 옮겨야 했다.

권목사 이전에도 오래된 형제교회 성전을 신축해야 한다는 움직임이 있었다. 예전에는 남북으로 갈라져 교회가 분열되기도 했지만 이번에도 새로운 위치는 기존 성전과 멀지 않게 노스 시애틀 145가나 린우드 지역으로만 한정해야 한다는 논란이 있었다.

그러나 교회가 부흥되고 은혜가 넘치자 성도들의 마음도 변화되었다.

성도들은 "교회가 멀리 있어도 상관없다. 교회 인근으로 이사 가면 된다."라는 혁명적인 사고방식까지 깊게 되어 신축 장소를 훨씬 밀리까지 찾게 되었다.

성전을 신축하려면 우선 땅을 사고 성전을 지을 돈이 필요했다. 건축헌금으로 150만 불을 마련했지만 그 돈으로 새 건물을 사거나 건축하는 데는 턱도 없었다.

구 성전을 팔기로 하고 부동산을 하는 내가 업무를 맡기로 했다. 그러나 어려움이 있었다. 구 성전은 15년 전 57만 불에 구입했던 것인데 얼마에 팔지 결정할 수 없었다.

나는 집이나 비즈니스를 팔았지만 교회를 판적이 없고 교회 건물 시세는 어떤 기준도 없었기 때문이었다.

이 일로 권준 목사와 건축위원장과 상의하는 가운데 권목사가 먼저 "우리 손에 200만 불만 쥘 수 있으면 좋겠다."라고 말했다. 200만 불을 우리가 가지려면 최소 210만 불로 매매를 해야 하고 그러기 위해서는 판매 가격을 240만 불로 리스팅을 해야 했다.

리스팅 인쇄물을 2000장이나 부동산 시장에 돌렸는데 그 후 여기저기에서 연락이 왔다.

모두가 개발업자들로 헌 교회 건물을 허물고 아파트나 건물을 짓겠다며 똑같이 150만 불을 불렀다. 들어온 오퍼 중 가장 많은 가격이 180만 불이 있었는데 개발업자가 아니었다. 210만 불에 카운터 오퍼를 주었는데 상대가 이를 받아 우리가 예상했던 210만 불에 낙찰되었다.

교회에서는 창립기념일 9월 3째 주 토요일에 새 부지에서 새 성전 기공식을 할 예정이었다. 그래서 당장 돈이 필요했으나 실질적으로 돈이 들어올지는 확실하지 않았다. 왜냐하면 예전 교회가 오래된 건물이어서 혹시 검사에 문제가 있으면 매매가 취소될 수도 있기 때문이었다.

교인들은 나만 보면 어떻게 되느냐고 자꾸 물어 내 속이 타들어갔다.

착공 날이 가까워지자 내 마음은 더 다급해지고 초조해졌다. 그러나 기적적으로 기공일 하루 전인 금요일에 에스크로가 사인이 되고 판 금액이 구좌로 들어왔다. 200만 불에서 몇 백 불 모자란 금액이었다.

나의 부동산 소개비는 다 교회에 헌금했지만 권준 목사님이 원하던 200만 불이 우리 손에 들어왔다.

이러자 권준 목사는 이럴 줄 알았으면 하나님께 300만 불을 주십사 하고 기도할 걸 그랬다며 웃었다. 정말 우리 기도를 정확하게 들어주신 하나님께 감사했다.

새 성전 부지를 산 것도 하나님의 도우심이 있었다. 바텔(Bothell)에 있는 성전 부지는 빈 땅 14에이커로 당초 320만 불로 나왔다. 우리는 이 땅을 280만 불에 매입하려고 오퍼를 넣었는데 거절되었다.

이 땅을 포기하고 다른 곳을 알아보고 있는데 몇 달 후 리스팅을 한 에이전트로부터 전화가 왔다. 우리가 전에 280만 불에 구입하려 했던 땅을 불과 180만 불에 사라는 것이었다.

알고 보니 이 땅을 원래 사려던 사람이 있었는데 조사 과정에서 습지가 있다는 핑계로 180만 불까지 가격이 내려간 것이었다. 이 말을 듣고 웬 떡이냐며 150만 불로 오퍼를 내고 바로 매입했다.

당초 320만 불에 나온 땅을 반값인 150만 불에 매입했으니 이것도 사람이 한 것이 아니라 하나님이 하신 것이었다.

부지 14에이커 중 현재 성전은 7에이커에 건설되어 있고 7에이커는 남아 있기 때문에 앞으로 더 증축할 수 있다. 뿐만 아니라 Bothell 시로부터 건축허가를 받는 과정에서도 예정되어있던 주민공청회가 2,3번 연기되는 바람에 교회 건축을 극구 반대하던 사람이 정작 공청회 하는 날에는 참석을 못하게 되어 걱정히던 것과는 달리 너무 싱겁게 끝났다.

그밖에도 Wet Land를 보완하는 문제가 생겨도 담당 시공무원이 약식으로 처리할 수 있는 길을 알려주어 많은 공사비용을 절감할 수 있게 해주었다. 그래서 형제교회 성전 건축에 건축헌금을 제일 많이

시애틀 형제교회 전경

한 사람은 Bothell 시라는 우스갯소리를 할 정도로 이곳저곳에서 보이지 않는 도움의 손길을 우리 주님께서 펼쳐주신 것을 잊을 수가 없다.

드디어 새 부지에 새 성전이 9월 셋째 주에 기공되었다. 그러나 시애틀은 10월부터 다음해 4월까지는 비가 많이 내리고 날씨가 좋지 않기 때문에 공사가 많이 지연될 것으로 우려되었다.

그러나 나는 지난번 기적적으로 기공일 하루 전에 에스크로가 사인이 되고 판 금액이 구좌로 들어온 것처럼 이번에도 기적적으로 완공 목표가 1년 후 창립기념일이 될 수 있을 것으로 믿었다. 그래서 기공식 다음 주일 내가 대표 기도할 때 "하나님 지난주 기공예배 드림을 감사드립니다. 내년 창립예배 때에는 헌당예배를 드리게 해주십시오."라고 담대하게 기도했다. 그리고 성도들과 함께 "하나님이 비를 안 오게 해주십시오."라고 기도했다. 기도하면서 하나님이 꼭 응답해 주실 것이라는 믿음이 들었다. 일부 성도들은 내달부터는 비가 주룩주룩 내릴 터인데 그런 기도를 해도 되나 하고 의아해 하기도 했다.

그러나 하나님이 우리 기도를 들어주셨는지 그해 시애틀 타임즈는 "시애틀에 57년 만에 대 가뭄이 들었다."고 보도했다.

비 많이 오는 겨울철에 비가 오지 않아 공사가 하루도 지연되지 않고 1년 만인 9월에 완공되었다.

입주허가가 바로 나오지 않아 헌당예배는 12월 첫 주일로 다소 연기되었지만 이를 통해서도 신실한 하나님은 엘리야 기도뿐만 아니라 우리의 기도도 들어주신다는 것을 모두 체험할 수 있었다.

PART 20

HJI와 UCIC

나는 노인들을 위한 실버대학을 김학인 권사, 이영창 장로, 윤부원 전도사와 함께 창립 이사로서 발족시켰다.

실버대학은 원래 2년 수업 후 사각모를 쓰고 졸업하게 되었는데 인기가 많아져 졸업을 몇 번이나 하는 사람들이 늘어나자 평생교육원 형태인 HJI(Hyung Jae Institute)로 운영하고 있다.

1년에 두 차례 9-10주간 일정으로 매주 토요일마다 진행되는 HJI에는 55세 이상이면 종교나 신분에 관계없이 누구나 등록해 취미나 실생

HJI 학생들이 찬양하고 있다.

활에 필요한 배움을 얻을 수 있다.

지난해 가을 학기에는 라인댄스, 시 창작, 수필, 탁구, 생활영어, 건강정보, 한국 무용, 그림, 서예 등의 수업 등 28개 프로그램이 운영되었는데 300여명이 참가하는 인기를 끌었다.

졸업식에서 실버대학 초대 학장을 지낸 수필가 김학인 권사는 "HJI는 60년 내지 70년 동안 가정에 묻혀있던 자신을 찾은 곳으로 여러분의 열정과 노력, 끈기가 대단하며 큰 박수를 보낸다."고 말했다.

형제교회는 노인들을 위한 HJI뿐만 아니라 기독교 학교인 UCiC (You see I see)도 운영하고 있다.

UCiC는 2006년 한인 커뮤니티를 위해 작은 유치원으로 시작되었으나 5년 만에 초등학교로 성장하고 2022년에는 제2분교인 이사콰 캠퍼스로 확장되었다.

UCiC는 유치원, 초등학교 과정으로 이상적인 교육환경에서 소수정예반으로 실력 있는 교사진의 사랑과 사명감으로 예배와 성경공부를 통해 신앙심과 인격을 함께 배우는 학교이다.

워싱톤주의 인가와 ACSI (Association of Christian Schools International)에서 인정하는 기독교 사립학교이다.

PART 21

Diaspora 우리 한인이민들과
형제교회의 나아갈 길

내가 미국에 와서 조금이라도 기여한 일이 있다면 형제교회 부흥과 통합한국학교 발전일 것이다.

형제교회의 경우 고넬료와 베드로 만남을 통해서 고넬료 가정 구원 뿐만 아니라 이방인 선교 문이 활짝 열린 것처럼 나와 권준 목사의 만남도 단지 형제교회 하나 부흥으로 끝나는 것이 아니라 그 외에 다른 하나님의 뜻이 틀림없이 있다고 믿는다. 그것은 현재 미국과 한국에서

마사최 전 시애틀 시의원(왼쪽 3번째) 등 자랑스런 한인들이 한인2세들의 모임인 KAC-WA 모임에서 이수잔 전 시애틀 한인회장(왼쪽) 등 1세들과 함께 하고 있다.

도 기독교계 문제가 많은데 결국은 하나님이 형제교회를 사용해 미국, 한국의 기독교계에서 잃어버린 첫사랑을 되찾는 그 일을 하나님이 앞장서서 이끌어 주실 것이라고 믿는다.

그것은 우리가 한다고 해서 되는 것이 아니다. 교회 일은 하나님이 앞장서 하셔야 한다. 하나님이 앞장서시고 목회자가 뒤따르고 그 뒤에 수많은 양무리가 뒤따르는 3위 1체가 되면 못할 것이 없다.

이것은 나의 막연하고도 뚱딴지같은 생각이라고 비난할지도 모르지만 이것은 나의 꿈으로서 매일 기도하고 있다.

통합한국학교는 현재 학교 건물이 없는데도 학생이 1000명으로 늘어나고 벨뷰 교육구(BSD)에서는 올해부터 한국어를 제2 외국어(World Language Class)로 등록하여 9월부터 수업을 받아 학점을 취득할 수 있을 정도로 성장 발전했다.

미국 한인 이민사가 120년이 되었지만 그동안 한국 문화는 영향력

삼일절 기념식에서 시애틀 한인 인사들이 만세삼창을 하고 있다.

을 행사하질 못했다. 그러나 이제는 때가 되었다. 하나님은 통합한국학교를 통해 미국 다문화 사회를 더 다양화하고 문화성을 더 풍성하게 할 것으로 믿는다.

한국학교에도 외국인 등록자들이 늘고 있다. 그 이유를 물으면 K드라마를 보고 한국어를 배우고 싶어 한다는 사람들이 많다.

현재 K팝, K영화, K드라마가 전 세계적으로 인기를 끌고 있고 김치, 라면, 김 등 K음식도 세계를 풍미하고 있다.

한국 문화, 역사와 함께 한글은 세계 언어 중 1등일 정도로 과학적 언어라고 언어학자들이 칭찬하고 있다.

벨뷰 교육구가 처음으로 한국어를 이중 언어로 채택한 것처럼 이제 통합 한국학교는 다문화성을 더 풍성케 하는 교두보 역할을 할 것으로 믿는다.

6부

Seattle, Bellevue
통합 한글학교 창립

PART 22

자랑스러운 한글과 문화를 가르치자

 시애틀·벨뷰 통합한국학교는 1996년에 문을 열었다. 감사하게도 부족한 내가 주역을 맡아 이 일을 추진했는데 당시 시애틀 총영사관의 송인호 교육원장의 도움으로 일을 마무리 할 수 있었다.

 당시 김균 총영사는 통합한국학교는 미주 내에서 초유의 쾌거라고 기뻐하고 우리도 하면 할 수 있다는 것을 보여주었다며 총영사관에서 축하 파티를 열어주기도 했다.

발표회에서 통합한국학교 어린이들이 노래를 부르고 있다.

당시 시애틀 한인사회에는 한글과 한국 교육을 가르치는 한글학교가 한인교회들을 중심으로 있었고 이와 함께 시애틀 한인회에서 개설한 한글학교도 있었다.

　나는 미국에서 자녀들에게 우리 고유의 자랑스러운 한글과 문화를 가르침으로 그들의 정체성을 바로 세워주는 것이 무엇보다 중요하다는 생각으로 교회 내에 한글학교 개설을 구상했다.

　이에 대해 교회는 신앙교육만 잘 하면 된다거나 미국에서는 자녀들이 영어를 잘해 잘 정착해야 하기 때문에 무슨 한글 교육이 필요 있느냐는 등 반대에 부딪치기도 했지만 오랜 격론 끝에 1988년에 교회 내에 전 교민의 자녀들을 위한'한미학교'를 개설했다. 그러나 7,8년 동안 학교를 운영하고 보니 여러 어려움이 있는 것을 체험했다. 그것은 자격 있는 선생님을 찾을 수 없다는 문제부터 마땅한 교육 자료를 얻을 수 없고, 한글교육에 중점적으로 투자할 여력을 가진 교회들도 없었다.

　교회 내에서 매년 한글학교를 책임 맡아 운영할 교장선생님을 찾기도 하늘의 별 따기였다. 왜냐하면 교장을 맡으면 최소한 일 년 동안 매 토요일 하루만큼은 완전히 비워둬야 하는데 누구든지 이것만은 피하려고 했기 때문이다.

　이러한 상황에서 나는 당시 3년간 형제교회 부설 '한미학교' 교장을 맡고 있었는데 총영사관 교육원장으로부터 시애틀, 타코마 전체 교회 한글학교 교장 회의를 한다며 참석 요청을 받았다.

　그 회의 토론 주제는 교회 별 한글학교의 어려움을 극복하고 올바른 교육성과를 얻기 위해서는 통합학교를 만들어야 한다는 것이었다.

　나와 같은 생각에 기뻐하고 경청했는데 뜻밖에 타코마 지역은 이미 이야기가 상당히 진행되어 있었다.

그러나 시애틀 지역은 불가능할 것이라는 말이 나오자 그 이유를 물었다. 그랬더니 타코마 지역은 지역적으로 몰려있기 때문에 가능하지만 시애틀은 남북으로 길게 퍼져 있어 불가능하고 교회 목사님들을 설득하기도 쉽지 않다고 부정적이었다.

그러나 시애틀도 가능하다고 강조했더니 송 교육원장이 "그렇게 자신 있으면 당신이 추진위원장으로 해보라"고 하였다. 나는 2개의 조건을 달았다.

첫 번째 조건은 통합학교는 교회 중심이나 신앙 배경이 아닌 한글과 한국문화 중심이어야 한다. 그래야만 불교나 무 신앙 자녀 등 아무나 올 수 있다. 두 번째 조건은 나는 교장이나 이사장을 맡지 않는다였다.

송 교육원장도 좋다며 조건을 수락했다. 그래서 당시 교회 한글학교를 운영하고 있는 대표적인 일곱 교회인 형제교회, 한인장로교회,

통합학교 학생들이 노래하고 있다.

연합장로교회, 임마누엘 교회, 벨뷰필그림장로교회, 온누리교회, 빌립보교회 교장 선생님들과 추진 위원회를 만들었다.

추진위원장으로 첫 번째 시작한 일은 추진위원들을 내 직장 사무실로 정해진 날에 만나 회의를 했다. 여기에서도 나는 "추진위원들은 앞으로 교장이나 이사장직을 맡지 않는다."는 것을 의제로 통과시켰다. 어떤 감투 욕심 없이 순수한 마음으로 통합학교를 만들자는 의도였다.

수차례 회의에서 집중적으로 토론한 것은 교회 목사님들을 설득하는 것인데 내가 시애틀에서 신앙연륜도 가장 오래되었고 장로여서 목사님들과 안목이 있다며 나에게 목사님들을 맨투맨으로 접촉 설득해보기로 결론을 내었다.

여러 교회를 방문하여 두렵고 떨리는 마음으로 목사님들을 설득했다.

교회는 후세들의 신앙인 만들기에 전념하고 한글교육은 통합학교를 만들어 정식으로 자격 있는 선생님들을 초빙하여 좋은 교재로 실시해야 한다고 강조했다.

또 지난 7,8년간 형제교회 한글학교를 운영하면서 체험한 문제점들을 이야기하니 목사님들도 이구동성으로 "맞아, 우리 교회도 똑같아" 하면서 전적으로 공감을 표시했다. 그리고 교회 학교를 폐지하고 학생들을 통합학교로 보내기로 약속했다.

이렇게 해서 예상보다 순조롭게 목사님들로부터 통합학교를 개교하고 교회 한글학교 학생들을 통합한국학교에 보내기로 약속받았다.

그러나 그 당시 학생 수가 100명으로 제일 많았던 한인회 설립 한글학교가 반대를 했다. 나는 교장선생님을 만나 통합학교를 만들면 훌륭한 교장선생님을 초빙해야하는데 당신이 통합학교 교장이 되기로 하고 통합하자고 설득했더니 승낙을 했다. 이와 함께 경험 있는 교장을

발전기금 모금의 밤에서 학생들이 고전무용을 선보이고 있다.

영입해야 하는 또 하나의 숙제를 해결하게 된 것이다.

　다음은 학교의 운영을 뒤에서 든든히 지켜줄 이사회를 만드는 일이다. 그러기 위해서는 한인사회에서 존경받는 인물을 이사장으로 모시고 이사회를 구성해야 했다.

　고심 끝에 서울대 동기이며 한미역사학회 회장으로 안면이 있는 이익환 씨를 찾아갔다. 그러나 두 번이나 거절을 당하자 세 번째는 교회 연합회장이었던 박영희 목사님과 함께 찾아가 사정 끝에 "딱 1년만"이라는 조건하에 이사장을 수락받았다. 그러나 이익한 이사장은 이사장직을 물러난 이후에도 평이사로 학교 발전을 위해 열과 성의를 다한 후에 장장 20년 만에 건강상 이유로 이사직을 내려놓았다.

　드디어 통합학교를 쇼어라인에 있는 교회 건물에 둥지를 틀기로 작정하고 교회 체육관에서 책상 하나 놓고 나와 이익환 이사장, 그리고 2

대 이사장을 지낸 이대원씨 이렇게 3인이 주축이 되어 학생 등록을 받았다.

결과는 예상외로 많은 학생들이 등록을 했다.

통합학교는 1년을 성공적으로 마무리하고 그 이듬해 1997년에는 벨뷰에도 분교를 개설했다.

벨뷰 분교장은 그 후 시애틀 교장선생님이 사임함에 따라 시애틀과 벨뷰 양 통합학교 교장을 겸임해서 수고하였는데 한인생활상담소장을 역임한 윤부원씨였다.

윤부원 교장은 그 후에도 통합학교의 지붕격인 한미교육문화재단의 이사장에 이어 평이사로 지금까지 통합학교에 없어서는 안 될 대들보 역할을 하고 있다.

한미교육문화 재단을 설립할 때는 아무런 정관이 전혀 없자 내가 법대를 나왔기 때문에 내가 정관을 만들어야 한다고 요구해 만들기도 했다.

나도 통합학교를 개설함과 동시에 이 학교의 모체가 될 '한미교육문화재단'의 창립이사가 되었으며 지금까지도 이사를 맡아 후세들의 교육에 헌신하고 있다.

벨뷰 통합한국학교 교내 말하기대회 시상식

이같은 여러 어려움 끝에 만들어진 시애틀·벨뷰 통합학교는 현재 1000명의 학생으로 성장했다. 특히 벨뷰 교육구에서는 올해부터 '한국어 이중 언어 프로그램'을 시작하는 쾌거를 이루었다.

그러나 통합학교는 자체 건물이 없는 상태여서 언젠가는 자체 학교 건물을 마련할 수 있도록 기도하고 있다.

미약하지만 이 같은 나의 통합한국학교를 위한 공로가 인정되어 감사하게도 2023년에 제16회 세계한인의 날을 맞아 윤석열 대통령이 수여하는 표창을 받았다.

8월31일 시애틀 총영사관에서 실시된 표창 전수식에서 서은지 시애틀총영사는 "말은 곧 정신이고 말과 글은 민족의 정신을 담는 그릇이다"라는 국문학자 주시경 선생의 말을 인용하며 "변종혜 이사는 우리의 말과 글이 우리의 정신으로서 한인 차세대들에게 전수될 수 있도록 각고의 노력을 하셨다." 고 축하했다.

또 "변종혜 창립이사는 한미교육문화재단을 창립했고 시애틀한미학교 교장을 역임하는 등 한글 교육과 한인 차세대 교육에 평생을 바치셨다."라고 그간의 노고에 감사를 표했다.

나는 인사말을 통해 "출석하던 형제교회에서 운영하던 한글학교 교장으로 수년간 어린 자녀들과 씨름하며 얻은 결론이 정식으로 체계를 갖추고 자격을 갖춘 교사를 모셔야만 제대로 교육이 이뤄지겠다고 생각하던 차에 같은 생각을 갖고있던 당시 교육원장의 전폭적인 지지로 통합한국학교가 탄생할 수 있었다"라고 뒤돌아보았다.

또 "통합학교 창립 당시부터 한번 발을 담그면 빼지 못하고 10년, 20년을 한결같이 내 주머니를 털어 헌신해 온 이사님들이 사실 표창을 받아야 한다." 며 "역시 5년, 10년 그리고 어느 분은 20년 동안 개인의 황금 같은 주말을 희생해 가며 헌신하고 봉사하신 전 현직 교장과 교사들이 표창 대상"이라고 말했다.

또 교사들의 경우 4-5세 어린 꼬마로부터 맡겨진 클래스의 아이들을 자녀로 생각하고 헌신적인 봉사와 열정으로 가르치는가 하면 1.5세, 2세 대학생들이 작은 교통비 정도의 사례로 어린아이들을 동생처럼 아끼고 가르치는 모습은 정말 훌륭하다고 감사했다.

이 자리에는 아내와 두 딸, 그리고 교인과 친지들도 많이 참석해 축하해주었다. 하나님에게 감사할 일이 또 늘어났다.

7부
하나님 감사합니다.

PART 23

하나님 원대로 하옵소서.

지난해 1월 정기 건강 진단을 받았다. 뜻밖에 담당의사가 소변에 피가 보인다며 비뇨기과 전문의 진료를 받도록 했다.

바로 비뇨기과 의사를 만났는데 의사는 소변에 혈뇨가 보이는 것은 100가지 이유가 있다며 중요한 3가지를 빼면 대부분 무시해도 된다고 말했다.

그 중요한 3가지는 방광암, 신장결석 등인데 꼭 치료를 받아야 한다고 강조하고 3가지 사례를 내시경 촬영 사진을 통해 보여주었다.

설명 후 병상에 누워 요도에 내시경을 넣고 검사를 하는데 바로 직전에 보았던 방광암 영상이 나타났다. 영상을 보던 나는 의사가 설명할 것도 없이 방광암이라는 사실에 정신이 얼떨떨한 충격을 받았다.

영상을 보니 방광에 풀잎 같은 암세포가 보였다. 그 암세포가 조금이면 조금만 떼어내면 되지만 뿌리가 있으면 파내야 하고 최악의 경우 더 깊이 퍼져있으면 방광을 드러내야 하는데 수술을 해봐야 안다는 것이었다.

의사는 빨리 수술을 해야 한다며 한 달 후로 수술 날짜를 잡아 주었다. 수술 날짜를 기다리던 중 한국에 있는 가족들에게도 알릴까 했으나 걱정을 할까봐 하지 못했다. 그러나 의사인 둘째 형님에게는 알려야겠다는 생각이 났다.

의사 형님은 어릴 때부터 배탈만 나도 어떻게 해야 하는지 물을 정도로 우리 집 의사역할을 해왔다.

나는 전화로 형님에게 방광암 사실을 알리면서 걱정할까 봐 다른 가족들에게는 알리지 말라고 신신당부하고 약속을 받은 후 전화를 끊었다.

그러면서도 하나님에게 매달리며 기도하는 수밖에 없었다. 그러나 명색이 장로이기 때문에 무조건 "하나님 고쳐주십시오"라는 기도는 말이 안 되었기에 뭐라고 기도 할 수 없었다.

그럼에도 불구하고 하나님께 치유해달라고 기도해야 했다. 그러나 어느 날 식사 기도하다가 나도 모르게 "내 원대로 마옵시고 아버지의 원대로 하옵소서."라는 마태복음의 예수님 기도가 툭 튀어 나왔다.

그러나 하나님 원대로 나를 부르면 바로 가야 된다고 생각하니 기도하고 나서도 참 너무 억울한 것 같았다. 그래서 하나님께 조건을 하나 걸었다.

"하나님, 하나님의 어떤 결정에도 승복하고 따르겠습니다. 단 그 결정에 감사하는 마음을 가지고 따를 수 있게 해주십시오."그러면서도 "하나님 가능하면 그래도 고쳐주십시오."라고 기도했다. 그런데 기도하자마자 마음속으로 탁 들리는 음성이 있었다. "야 이놈아, 80 평생을 여태까지 살려주었는데 너는 나를 위해 무엇했느냐? 그래 고쳐주면 얼마나 더 살고 싶으냐? 1년, 3년, 5년, 더 살려주면 나를 위해 뭐하겠느냐?"

이 말씀에 더 이상 할 말이 없었다. 그래서 무조건 하나님 원대로 따르겠지만 감사하는 마음으로 따를 수 있게만 해달라고 기도했다.

수술 날짜를 기다리는데 한국 막내 동생에게서 전화가 왔다. 평소에는 전화도 잘 하지 않는 동생이어서 어쩐 일이냐고 물었다.

동생은 "형님 어디 편찮으시냐." 고 물었다. 이 말에 둘째 의사 형님이 이야기를 하지 말라고 신신당부 했는데도 벌써 동생에게 이야기했다는 생각이 들었다.

그러나 나는 시침을 떼고 별일 없다고 말했다. 그랬더니 동생은 "의사형님이 느닷없이 전화했는데 미국 형님을 위해 기도 좀 해달라고 하셨다"는 것이었다.

전화를 끊고 가만히 생각해보니 나는 놀라지 않을 수 없었다. 동생은 성당에 다니고 있지만 의사 형님은 내가 30년 동안 그의 구원을 위해 기도하고 전도하기 위해 한국에 나가 전도 폭발까지 했는데도 믿지 않았다.

의사 형님은 독서를 많이 해 성경까지 읽었는데 예수 믿으시라면 그는 "너희 하나님은 질투하는 하나님인데 어떻게 무서워서 곁에 갈 수 있느냐"라고 실실 웃으며 농담까지 할 정도였다.

그런 형님이 동생에게 기도를 부탁할 정도라면 어느새 나도 모르게 그에게 믿음이 싹튼 것이 아니냐는 생각이 들었고 예수님 십자가에 달렸을 때 좌우편에 달렸던 강도 생각이 떠올랐다.

강도가 그 말 한마디에 "오늘 네가 나와 함께 낙원에 있으리라" 하는 낙원 약속을 받은 것처럼 기도를 부탁한 형님도 그 정도 믿음이면 강도 믿음처럼 천국에 갈수 있는 믿음이 아닐까 하는 생각을 해보니 감사한 마음으로 하나님의 결정에 따르게 해달라는 나의 기도에 주님이 응답해 주셨다는 생각이 들었고 "하나님 감사합니다. 하나님 감사합니다." 감사가 절로 나왔다.

다행히 방광암은 초기에 발견되어 간단히 내시경 시술로 끝났다. 그러나 의사는 방광암은 재발 가능성이 많기 때문에 계속 모니터링을 할 것을 강조했다.

그래서 수술 후에도 몇 개월마다 병원에 가서 재발 방지를 위해 약물투여 치료를 받고 있는데 아직까지 정상적인 상태여서 하나님에게 감사하고 있다.

PART 24

"하나님 감사합니다."

뒤돌아보면 내 80평생 전체가 하나님에게 감사할 일 뿐이다. 항상 하나님은 나와 함께 동행 하셔서 나를 보호하여주시고 인도하여 주시고 앞서 이끌어 주셨다.

그동안 결실을 맺었던 많은 것들은 내가 한 것이 아니고 다 하나님이 경영 하시고 능력 주셔서 이룬 것이다. 모든 것은 다 하나님의 섭리였고 은혜였음에 감사드린다.

지금 은퇴한 삶을 살고 있지만 매일 매일이 감사하고 행복하다. 큰 건강 걱정도 없고 아직도 운전을 할 수 있고 더구나 사랑하는 아내와 함께 교회에 가서 예배드릴 수 있고 저녁 식사 전 습관이 된 가정 예배를 드리고 있어 감사하다.

두 딸도 모두 훌륭히 성장해 결혼을 하고 아름다운 가정을 꾸리고 이젠 손주까지 있어 너무 감사하다.

시무장로에서도 은퇴했지만 아직도 순장으로서 20년간 봉사할 수 있어 감사하다. 우리 순에서는 내가 최연소 일 정도로 최고 90세 등 연로하신 이르신 7가징을 심기고 있나.

우리 순은 한 달에 한번 식당에서 만나 식사를 나누고 간단한 예배도 드리는데 순원들이 나이 들어 그동안 가졌던 신앙조차 잃어버리지 않도록 노력하고 있다.

행복한 나날 속에서 기도하는 것은 언젠가 하나님 앞에 섰을 때 "하나님 그동안 참 감사했습니다. 이제 제 영혼을 맡아주세요."라고 말하는 것이다.

그때 "그 주인이 이르되 잘 하였도다 착하고 충성된 종아 네가 적은 일에 충성하였으매 내가 많은 것을 네게 맡기리니 네 주인의 즐거움에 참예할지어다."(마 25:21)하고 예수님으로 부터 칭찬받길 기원한다.

8부

나의 간증들

PART 25

전도 폭발 간증

뒤돌아보면 젊은 패기 하나 가지고 맨주먹 들고 73년에 미국 땅을 밟은 그 다음해에 누구의 전도나 인도함도 받지 않고 내 발로 교회를 찾아 나섰다 하면 그것 참 기특한 일이라고 생각할 사람이 꽤 있지 않겠나 생각합니다. 그러나 그때 내가 교회를 찾아간 것은 하나님을 찾아나간 것이 아니고 이국생활에서 외롭고 고달파서 말이 통하는 동족, 한국 사람을 찾아간 것이었지요.

꽤 한참 동안을 거기서 사귄 친구를 만나 일주일 한번씩 같이 음식을 나누고, 시시껄렁한 세상 이야기 하는 재미에 열심히 교회를 다녔고, 그 이후 꽤 오랫동안은 매주 나가던 교회이니 빠지면 안 될 것 같은 막연한 생각에 습관적으로 교회를 나갔습니다.

또 그 이후에 하나님, 예수님에 관해서 어렴풋이나마 조금 안다는 생각이 들었을 때는 마치 맡겨놓은 것, 내놓으라고 닦달하듯 예수님께 이것저것 청구서 내밀기 위해 교회를 나가는 나 이었음을 고백할 수밖에 없습니다. 그런 식으로 시작한 신앙생활, 아니 교회 생활이 내 나그네 인생의 반평생을 훌쩍 넘어 버렸습니다.

이제 비로소 깨닫고 보니 우리 옛말에 서당개 3년이면 풍월을 읊는다고 하거나 이슬비에 옷 젖는다고도 하듯이 나를 미국땅으로 인도한 손길, 교회로 인도하신 손길, 오늘이 있기까지 지키시고 보호하신 그 손길이 바로 하나님의 손길이었음을 내 심령 깊은 곳으로부터 깨달습니다.

이 같은 내가 받은 은혜와 사랑을 어떻게 하면, 무엇으로 보답을 할수 있을까 하는 간절한 마음을 가지고 교회를 나가기 시작한 것은 내 반평생이 넘는 신앙의 노정 가운데 그리 오래전의 일이 아님을 고백합니다.

무엇을 드릴까? 무엇을 드려야 기뻐 받으실 수 있을까? 아무리 생각을 해보아도 드릴 것이 하나도 없었습니다.

돈? 하나님이 주신 것이지 네 것이냐? 내 육신? 시간? 봉사? 내 자녀? 그 어느 것 하나도 주님 주신 것이지 "내 것이니까 주님께 드리지요"라고 생색 낼 수 있는 것은 한 가지도 없었습니다.

유일하게 주님께 생색을 낼 수 있는 주님이 기뻐 받으실 선물은 우리 주님이 그렇게도 애타게 찾으시는 '잃어버린 양 한마리'라는 깨달음도 결국은 주님 주신 은혜였습니다. 그러나 은혜가 깊어지면 깊어질수록 거기에 정비례하여 양 어깨를 짓누르는 마음의 부담도 더해갔습니다.

전도라고 하는 것이 그렇게 마음먹은 대로 쉽게 되는 일이 아니기 때문에 날이 가고 신앙의 연륜이 쌓여갈 수록 마음의 부담만 커져갔습니다.

그것이 늦게나마 전도폭발 훈련을 받게 된 계기였습니다. 그러나 13-14주를 commit 한다는 것부터가 그리 만만한 일이 아니었습니다.

내 나이 70을 이미 넘겼는데 하나님께서 "You are too late." 하시기 전에 일단 저질러 놓고 보자는 심정으로 등록을 했습니다.

훈련생 중 최고령자라는 훈장 아닌 훈장을 달고 젊은 사람들 틈에 끼어서 받는 훈련이 쉽지는 않았습니다.

그러나 남에게 지기 싫어하는 오기는 아직도 시퍼런 청춘이었습니다. 그래서 암송을 돕기 위해 교재와 함께 받은 CD를 차에 꽂아 놓고 차 시동만 걸면 자동으로 흘러나와 들을 수 있게 해놓고서 오며 가며 최소한 전체를 하루에 한번 이상 들었습니다.

밤에 잘 때는 이불 속에 들어가 잠들기 전에 눈을 감고 할 수 있는 데까지 암기를 해보고 또 했습니다.

정말 열심히 했습니다. 이것만 완전히 소화해서 내 것으로 만든다면 평생의 마음의 부담을 벗을 수 있는 길이 열리겠구나 하는 소망을 가지고 있습니다.

그동안은 할 이야기는 많은데 어디서부터 시작하고 끝낼지 횡설수설하기도 하고 듣고 나서 반응이 어떨지 등등 두려움이 앞서 시도도 해보지 못하고 주저앉기 일쑤였습니다.

그러나 전도폭발 프로그램만 완전히 소화해서 내 것으로 만들면 언제, 어디서, 어떤 사람을 만나든지 1. 자연스럽게 2. 최단시간 안에 3. 체계적으로 4. 복음의 핵심 내용을 빠뜨림 없이 잘 요약해서 깔끔하게 상대방 입에 집어 넣어 삼키게 하는 폭발력 있는 프로그램이란 것을 알게 되었습니다. 그래서 이것을 완전히 내 것으로 만들기 위해 지금 3단계 훈련을 받고 있는 중입니다.

이제 남은 여생을 주님이 예비해 주신 강력한 Tool을 사용해서 그동안 내 어깨를 짓누르던 마음의 부담을 조금씩이나마 덜어가면서 살 수 있지 않겠나 생각해 봅니다.

그러나 그런 내 생각에 앞서 주님께서는 실로 끔찍 놀릴만한 길로 저를 이미 인도하고 계신 것을 보게 되었습니다. 왜냐고요? 이제 어디 가서 잃어버린 양 한 마리를 찾을가를 고민하는 저에게, 저 대신 잃어버린 양을 찾아 나설 열 명의 하나님의 사람들에게 양 찾는 방법을 가르치는 길, 몇 배나 더 효과적인 길로 나를 인도하고 계시지 않습니까?

마치 고기를 잡아주기 보다 고기 잡는 방법을 가르쳐 줄 때 더 많은 고기를 잡을 수 있는 것과 같은 이치이니 우리 하나님이 얼마나 틀림이 없으시고 멋진 분이십니까?

제가 처음 타코마 새생명 교회에서 문을 열어 젖히고 우리 전도 팀을 받아들이기로 결정하였다는 소식을 듣는 순간에 머리에 떠오른 성경 구절이 있었습니다.

'형제가 연합하여 동거함이 어찌 그리 아름다운 고' 이웃을 향하여 문을 열어젖힌 교회, 하늘을 향하여, 열방을 향하여 열린 새생명 교회를 축복합니다. 그리고 여러분을 사랑합니다.

끝으로 저의 작은 소망 하나를 말씀 드림으로 제 간증을 마무리 하려고 합니다.

우리가 사는 이곳 서북미에 200 여개가 넘는 디아스포라 우리 한인 교회가 있으나 문 꼭꼭 걸어 잠그고 서로가 서로를 섬길 줄 모르는 교계 풍토에 이번 새생명 교회와 형제 교회의 연합 사역의 조그마한 시도가 교계의 문화를 바꾸는 디딤돌 역할을 하게 될 수는 없을까 하는 것이 저의 작은 소망입니다.

PART 26

독수리 제자훈련 간증

오랫동안 차일피일 미뤄왔던 독수리 제자 훈련 학교, 마침 발목을 잡고 있던 비즈니스도 정리된 터라 이번에는 그동안 미뤄왔던 Eagle DTS를 마치도록 하자는 것이 우리 부부간의 자연스러운 합의였다. 그 합의와 함께 어렵지 않게 일치를 보았던 우리 부부의 생각과 계획은 훈련 과정의 맨 마지막 순서인 Out Reach, 그것은 필수라고 하지만 우리 처지 나 형편과는 맞지 않으니 가지 말자는 것이었다.

Out Reach를 갔다 오지 않으면 졸업 증서를 주지 않는다는데, 안 주면 안 받으면 되지, 꼭 졸업 증서 받기 위해서 DTS 하는 것 아닌데... 그것이 우리 부부 생각이요 계획이었다. 그러나 지금 이렇게 선교 보고를 하면서 미세하게 들리는 음성은 "너의 생각과 나의 생각이 다르며 너의 계획과 나의 계획은 다르니라" 이다.

곡절 끝에 인도로 갈 것을 결정하자 마침 가야 할 그곳의 Jiggu Bogi 목사님 오셔서 은혜로운 강의를 해 주시고 자연스럽게 인도 현지 사정을 여쭈어 볼 기회를 가졌다. 그런데 목사님 말씀이 공항 입국심사 때 선교니 미니 하는 말은 입에도 담지 말고, 관광이 목적이라고 해라, 혹시라도 선교 과정에서 현지인과 대화 중에 힌두신을 부정하거나 비방하는 발언을 하지 않도록 조심해라. 그것은 현지법에 의해 불법으로 되어있고 이것 때문에 지금 감옥에 갇혀 있는 한국인이 세 사람이 있다는 것이었다.

그 말씀을 듣는 순간 내가 썩 만만치가 않은 곳으로 가게 됐구나 하는 조금은 무거운 마음이 들었다.

준비를 열심히 한다고 했지만 막상 떠날 때는 이것저것 미흡하고 아쉬운 것이 많은 가운데 정해진 일정에 따라 5월 7일 드디어 출발했다.

시애틀에서 서울까지 11시간, 서울에서 대기 2시간, 서울에서 뉴델리까지 7시간, 뉴델리에서 대기 6시간, 뉴델리에서 Bangalore까지 3시간, 이렇게 오랜 시간을 비행기 좁은 좌석에 쪼그리고 앉았는데 끊이지 않고 머릿속에 감도는 한 가지의 생각이 있었다.

그것은 하나님이 왜 나를 이렇게 먼 인도에 보내시는 것일까? 내가 아는 하나님은 참새 한마리가 땅에 떨어지는 것까지 직접 간여하시고, 우리의 머리카락까지 세신 바 되시는 하나님이신데 내가 바쁜 이민생활 가운데 그 여러 날을 더욱이 그 적지 않은 비용을 들여서 지구를 반 바퀴 돌아서 인도까지 가는데 하나님의 간섭이 없다면 그것은 도저히 말도 안 되는 소리이다. 그렇다면 하나님께서는 분명한 계획과 목적을 가지고 계셨을 터인데 그것이 무엇일까? 자꾸만 앞서는 나의 인간적인 생각은 오고가는 날짜 빼고 10일 안 되는 기간 동안에 무엇을 하고 돌아올 수 있단 말인가?

돌아온 후 누구든지 "그래 너 인도 선교 갔다 왔다는데 무엇을 하고 왔느냐?" 물으면 어찌 할 것인가? 아니야, 그래도 하나님은 무언가 내가 모르는 계획이 있으실 거야, 하나님 그것이 무엇입니까?

이런 여러 가지 상념 가운데 Dehli 공항에 도착해서 제일 먼저 눈에 띄는 기관단총을 어깨에 메고 서있는 군인들의 모습이 마음을 무겁게 하였다. 인도라는 나라도 정정이 불안한 나라였던가?

드디어 최종 목적지 Bangalore에 도착 Bogi 목사님의 사모되시는 이정미 선교사님의 영접을 받고 현지 DTS 본부로 향했다.

도저히 차가 속력을 내고 달릴 수 없는 열악한 도로 사정, 서울을 방불케 하는 교통 혼잡, 마스크를 썼으면 좋겠다 싶을 정도의 먼지, 끈끈한 더위, 10억의 인구를 실감케 하는 할 일 없어 보이는 사람의 무리들, 거기에 더하여 몇 집 걸러 하나씩 서 있다고 할 만큼 헤아릴 수 없이 많은 울긋불긋 단장한 템플들...

내가 드디어 수많은 잡신, 우상 신들의 소굴에 들어왔구나 하는 중압감이 나를 짓눌렀다.

다음날 우선 땅 밟기 기도를 계획하고 Bangalore 시를 일주하기로 했었는데 타고 다닐 밴이 고장으로 오전은 휴무, 가뜩이나 짧은 일정 가운데 이런 식으로 시간을 허비해야만 한다? 하나님 왜 나를 이곳에 보내셨나요?

다음날 땅 밟기를 하던 중에 Krishna 신전을 방문해 보기로 의견이 모아져 들어갔더니 입구에서 신발을 벗기는 것이 아닌가. 성지이니 신을 벗으라는 것이다.

모세는 하나님이 임재하시는 불꽃 앞에서 신을 벗었는데 나는 어쩌다가 엉뚱한데 와서 신을 벗어야 한단 말인가. 하나님 내가 여기를 왜 왔지요? 계속해서 주일 예배 참석, 빈민촌 의료 사역, 어린이 사역 등이 진행되는 중에 5월 13일 그곳 DTS 스텝들과 만남의 시간이 있었는데 마침 그날이 이정미 선교사님의 생신이란다. 그래서 그곳 스태프들이 협력에서 이정미 선교사님 모르게 과거 18년간의 선교사님의 인노사역을 회고하는 동영상을 만들어 상영하는데 정말 감동 없이는 볼 수가 없었다.

Bangalore가 주의 수도로 되어 있는 Kanatarka 주를 29개 구로 나누는 데 매 1개 구마다 DTS를 하나씩 개설하도록 하는 목표를 가지고 있는데 지금 현재는 Bangalore 이외에 2 곳을 합쳐 총 세 개의 DTS가 개설되어 있다고 한다.

눈물을 지으면서 자기도 모르는 동안에 만들어진 동영상을 지켜보는 선교사님의 눈물 가운데 하나님의 인도 땅을 향한 눈물을 보는 듯한 감동을 받았다. 그제야 하나님께서 나를 이렇게 멀리까지 보내신 이유를 조금은 이해할 것 같은 생각이 들었다.

그것은 내가 그 짧은 기간에 와서 무슨 큰일을 하고 가는 것이 아니라 일찍이 이곳에 터를 닦고 충성을 다 하고있는 저들에게 조금이라도 위로가 되고 격려가 되는 일을 할 수만 있다면, 그것이 정말 큰 일이 될 수 있겠다 싶은 깨달음이 왔다.

그래서 그날 저녁 식사를 위해 모인 자리에서 이런 말씀을 드렸다. "우리 한국에서 쓰는 옛말에 '주마가편'이란 말이 있습니다. 그 뜻인즉 지금 잘 달리고 있는 말 엉덩이에 채찍질을 한번 철석하고 감으로 말이 껑충 뛰어 결승점에 쑥 빨리 들어가게 만드는 것이라고 할 수 있는데 우리가 이곳 인도에 와서 하고 가야 하는 것이 바로 그런 것이 아닌가 싶습니다."라는 말씀을 드렸다.

그랬더니 선교사님이 정말 지난 18년 동안 앞만 보고 달려왔는데 처음으로 지금 오른 방향으로 잘 달리고 있다고 하는 인증을 받은 것 같아서 얼마나 위로가 되고 힘이 되는지 모르겠다고 감격해 하시는 말씀을 듣고 나 또한 위로를 받았다.

다음 날로 이어지는 노방전도, 호텔 방문 전도를 통해서 뜻밖에 종종 크리스천을 만나서 같이 기도하고 성도의 교제를 나누기도 하는 과정에서 깨달은 것은 이렇게 어둠이 관영하는 우상 신의 소굴에도 하나님께서 의인 7000 명을 숨겨 놓으셨구나 하는 생각을 하니 새 힘이 솟는 듯하였다.

또한 빈민 구제 사역, 의료 사역, 어린이 사역에 동참하면서 우리 팀들의 헌신적인 봉사, 특히 냄새나는 빈민들을 껴안고 기도하고 돕는 모습을 지켜 보면서 저들이 천사들이구나 하는 생각을 해 보았다.

미국의 안락하고 쾌적한 생활을 잠시나마 버리고 이곳 인도 땅 빈민가에 찾아와 냄새나는 저들의 친구가 된 천사들... 그러나 그 상념들은 차츰 바뀌어서 하늘 보좌의 영광을 버리고 죄악이 관영하는 인도 땅에 내려오신 하나님, 오늘도 저들을 위해 눈물 흘리고 계신 하나님의 모습으로 오버랩 되고 있었다.

이제야 분명한 깨달음이 온 것은 "그렇군요. 하나님, 하나님의 인도 땅과 그 땅에 속한 백성들을 위해 흘리시는 눈물을 보게 하시려고 저를 그곳에 보내셨던 것이군요.

이제 선교 보고를 마치려고 합니다. 선교 보고는 이제 마치지만 정작 인도 선교를 이제부터 시작해야 하는 것 아니냐 하는 마음에 부담을 안고 말입니다.

하나님 아버지, 이제 그 짧은 기간 동안 가서 내가 밟았던 그 땅과 그 땅 위에 거하는 10억의 영혼들을 주님의 손에 올려드립니다. 저들을 죄악과 저주의 사슬로부터 풀어주시어 저들이 주님의 은혜와 사랑을 찬양하며 전하는 주의 백성 되게 하옵소서.

또한 현지에서 이 일을 위해서 충성을 다하고 있는 Jiggu Bogi 목사님 내외분을 위시한 모든 DTS 스텝들에게 복에 복을 더하사 매일 매일의 삶 기운데 승리하게 하소서. 하나님, 주의 나라가 이 땅에 불이 바다 덮음같이 임하게 하소서.

PART 27

공동체 40일 간증

하나님이 주신 100불 마중물. 이 마중물을 어디에 부어야 하나님이 가장 기뻐하실까?

순원들과 여러 가지로 의논을 하던 끝에 하늘 보좌의 모든 영화 다 버리시고 타락한 불쌍한 영혼들을 구하시려는 일념으로 낮고 천한 이 땅에 오신 우리 주님의 본을 따라 내가 살던 모든 안락한 환경 여건을 다 버리고 열악하고 위험한 여건의 선교지로 달려간 우리의 형제들, 선교사 돕는 일에 한번 부어 보자고 하는데 의견일치를 보았습니다.

그리고 받은 100불을 그대로 보내는 것이 아니고 거기에 형편에 맞게 우리의 정성을 보태서 해 보자고 하는 데까지는 쉽게 결론이 났으나 그러면 수많은 파송 선교사 중에 누구에게는? 쉬운 일이 아니었습니다.

고심 끝에 몇 년 전에 3년의 몽골 선교를 마치고 하나뿐인 아들의 대학 입학 수속도 돕고 그동안 애타게 그리웠던 형제교회 식구들의 얼굴을 다시 볼 수 있다는 열망을 가지고 귀국 도중 시애틀 공항에서 비자문제로 입국을 거절당하고 아들만 입국이 허락되어 사랑하는 아들과 생이별을 당한 끝에 지금은 인도네시아로 선교지를 옮겨 충성하고 있는 이동열 선교사를 낙점하게 되었습니다.

어느 선교지 어느 선교사님인들 도움이 절실하지 않은 곳이 없겠지만 이동열 선교사는 엎친 데 덮친 격으로 그 어려움 중에 부인께서 유방암 수술을 받아야만 하는 어려움까지 감내해야 함에도 불구하고 비자문제 때문에 미국에는 다시 들어올 수 없는 딱한 처지에서 얼마나 버림받았다는 절망감, 상실감에 떨었겠습니까?

작년에 현지를 방문한 선교팀장 남해준 장로님을 만나자 울먹이며 하는 말이 "형제 교회에서도 나를 까맣게 잊어버린 줄 알고 있었는데 이렇게 찾아와줘 너무 감사합니다." 하더라 하는 말을 듣고 가슴이 너무 아팠습니다.

하나님 주신 마중물 위해 부어진 에버렛 2 순원들의 조그만 정성이 형제 교회는 그리고 형제교회 주인 되신 우리 하나님은 절대로 이동열 선교사님을 잊지 않고 있다는, 지울 수 없는 메시지가 될 수 있기를 간절히 기도합니다. 그리고 이렇게 순원들의 정성을 모으는 과정 중에서 있었던 일 한 가지를 빼 놓을 수가 없네요.

지금 극심한 고통 가운데 항암 치료를 받으시면서 투병 중에도 순예배에 한 번도 빠지시는 법이 없으신 분이지만 이번 공동체 40일에는 처음부터 참석을 못 하신 김근영 장로님에 관한 일입니다.

순예배에 참석을 못 하시는 관계로 매주 전화라도 순예배에서 있었던 일들을 말씀 드리곤 해왔는데 마지막 순예배를 드리기로 예정된 날 아침에 장로님으로부터 전화가 걸려 와서 하시는 말씀이 나도 순예배 참석은 못하지만 이동열 선교사를 돕는 일에는 동참하기를 원한다고 하시면서 낮에 직접 봉투 하나를 들고 저희 집으로 오셨습니다. 그런데 어떻게 운전을 하고 오셨을까 의심이 들 정도로 쇠약하신 정밀로 걱정스러운 그런 상태로 찾아오셨습니다. 이렇게 모든 순원들의 정성이 800불이 된 겁니다.

하나님 아버지, 이제 부족한 종 아버지께 간절히 기도드립니다.

열악한 여건과 환경 가운데 충성하고 있는 주님의 신실한 종 이동열 선교사를 주님 손에 올려드립니다. 저희 사역 가운데 삶 가운데 그 손목 꼭 잡고 동행하여 주시기를 원합니다.

김희경 자매를 손수 치료하셔서 강건케, 온전하게 하소서.

투병 중이신 충성된 종 김근영 장로님을 주님의 손에 올려드립니다. 모든 병마에서 벗어나 온전하고 강건하고 깨끗케 하사 다시 주 앞에 충성할 수 있게 하옵소서.

끝으로 Social Security Benefit을 수입원으로 살아가면서 교회가 되기 위해 주어진 여건에서 최선을 다해 충성하는 우리 순원들 모두를 주님의 손에 올려드립니다.

저들에게 복의 복을 더 하사 저들로 하여금 그 받은 복을 열방을 향하여 흘려보내는 축복의 통로가 되게 하여 주옵소서.

예수님 이름으로 간절히 기도합니다. 아멘.

PART 28

형님을 영생으로 초대

둘째 형님, 그간 형수님의 근황은 어떠신지요. 느닷없이 웬 편지냐 하시겠는데 셋째 형님 생각을 하자니 그저 마음이 답답하고 안타깝기 만 했지 피붙이라고 아무 도움도 되어 드릴 수 없는 저의 처지가 원망 스러워요.

자주 전화 하셔서는 "별일 없어?" 하셨었는데 형수님 가신 후로는 전화 한 번을 못하시는 우리 셋째 형님. 전화를 드리니까 받지를 않으 시기에 어디를 가셨나 했더니 사람 냄새 좀 맡으려고 문경이 집을 며 칠 다녀왔다고 하시는데 얼마나 벽에 갇힌 것 같은 몸서리쳐질 외로움 이면 저런 말씀을 하실까 생각하니 정말 눈물겹기가 그지없습니다.

정말 산다는 것이 무엇일까를 곱씹어 생각하게 되는 요즘입니다.

형제자매와 고향을 등지고 외지에 나와 오래 살던 중에 이곳에서 오래전에 한 십 수년이나 연배가 되는 선배님을 한번 사귀게 되었는데 하루는 선배님께서 하시는 말씀이 있었습니다.

"변형, 내가 선배로서 한 말씀 당부하겠는데, 늦기 전에 은퇴한 후에 부인히고 같이 할 수 있는 깃을 한 가지 꼭 비리 준비를 해 누시오. 자 식들 다 출가시켜 독립해 내보내고 은퇴를 하여 두 늙은이가 마주 보 고 앉아 있자니 그게 하루 이틀이 아니고 무작정 매일 매일을 그렇게 하려니 안 되겠다 싶었지.

그래서 와이프에게 골프를 가르쳐서는 친구삼아 데리고 다녀야 되겠다 싶어 골프장을 한번 데리고 나갔다 왔더니 그만 몸져 드러눕는 것을 보고 아하 이건 틀렸구나 하는 생각에 포기를 했지.

요즘은 바둑판을 하나 사다 놓고 마누라 바둑을 가르치고 있다네. 그러나 그것도 금세 골치가 아프다고 못 하겠다고 엄살을 떠니 무엇을 했으면 좋을지를 모르겠네. 변형은 나처럼 나중에 후회하지 말고 두 분이 같이 할 수 있는 것 한두 가지를 미리 꼭 준비를 해두시오" 하더라고요.

그 말씀을 들을 때는 그냥 일리가 있는 말씀이다 하고 평범하게 생각하고 지나쳤는데 요즘 와서 그 말씀을 자꾸만 곱씹어 보게 되었습니다.

나는 무엇을 준비해 두었다고 할 수 있을까 곰곰이 생각해보다 한 가지 결론은 예수 믿는 사람들은 최소한 한 가지는 준비가 되어있다는 것이었습니다.

너 또 그 예수 이야기냐 하실 터이지만, 그리고 "셋째 형한테는 절대로 교회 이야기 꺼내지도 말아라."라고 엄명을 하셨으니 셋째 형님께는 아무 말씀 안 드리겠지만 형님께는 예수 믿고 복 받는다고 하는 것이 어떤 것인지를 인지하시고 동의하실 수 있는 범위 안에서 한번 말씀 드려보렵니다.

멀리 쳐다 볼 필요 없이 가까운 이웃인 우리 형제들 중에 누님을 위시해서 수자, 종민이, 미순이 그리고 이 못난 아우가 예수를 믿는다고 성당 또는 교회를 다니고 있습니다.

우선 누님의 경우를 한번 보지요. 누님의 처지나 형편이 지금의 셋째 형님과 비교해볼 때 조금은 낫다고 할 상황이 아니지 않습니까? 그러나 누님은 최소한 일주일에 한 번은 나서서 가실 때가 있다는 것이 축복 아닐까요?

뿐만 아니라 교회라는 곳을 가서 말씀을 듣다가 보면 이런저런 위로가 되는 말씀을 계속해서 듣게 되고 그런 중에 이 세상에는 지금의 내 처지나 형편보다 몇 곱절 더 안타깝고 절박한 사람들도 많구나, 그런 사람들도 사는데 내가 왜? 이렇게 새로운 용기와 삶의 의욕을 얻게도 되지요. 분명 큰 축복 아니겠습니까? 그러니까 누님이 남을 도울 생각까지 하시고 교회에서 하는 봉사 활동에도 기쁨으로 동참하는 체험도 하시고 어디를 같이 가자고 이 사람 저 사람 차를 가지고 모시러 오는 사람도 있고...

예수 믿고 복 받는다는 것이 이 다음에 죽어서 천국 가는 것이 아니고 이 세상에서 천국의 삶을 살다가 천국으로 가는 것이랍니다.

어제 저녁에 누님과 통화를 했는데 하시는 말씀이 신앙생활에 발을 들여놓았다는 것이 그렇게도 기쁘고 감사할 수가 없는 일이라고요. 이것이 복 받은 사람의 고백이고 천국의 삶이랍니다.

다음에 수자의 경우를 한번 볼까요?

일찍이 홍서방을 앞장세우고 정말 앞뒤 분간 못하는 남매를 데리고 이 세상에 내동댕이쳐졌을 때 지금의 셋째 형님보다 무엇이 낫겠습니까? 그런 처지의 수자를 오늘까지 붙들어주고 지켜준 것이 무엇인지 형님 한번 생각해 보신 적 있습니까? 수자가 죽지 않고 매달린 것이 바로 신앙이었답니다.

넌 어떻게 그곳 미국에 앉아서 그렇게 잘도 아느냐 하실지 모르겠지만 믿는 사람들끼리는 서로 통하는 것이 있죠. 뿐만 아니라 미순이에게 도대체 네 언니는 맨날 어디를 그렇게 돌아다녀서 통화하기가 그렇게 어렵냐 하면 언니가 성당에 가서 기도도 하고 성경 공부 반에서 열심히 공부한다고 하지요.

정말 좌절하고 주저앉을 수밖에 없는 절박한 가운데서도 힘과 용기와 소망을 불어 일어서게 만들어 주는 것 그것이 축복 아니고 무엇이 겠습니까?

미순이의 경우도 정말 드릴 말씀이 너무 많습니다. 우리가 다 알다시피 특별히 모아놓은 재산 없이 젊은 나이에 퇴직하고 십년을 투병생활을 같이 했다고 할 때 보통 사람들 같으면 그 결말이 어떻게 되었으리라는 것에 대해 아마도 시나리오 한편 정도는 어렵지 않게 엮어 낼 수 있지 않을까 싶습니다.

그러나 고서방과 막내 여동생 미순이가 엮어낸 시나리오는 보통 사람들이 상상하는 것과는 전혀 다른 내용이었다는 것을 형님도 너무 잘 아시지 않습니까?

죽기 전 10년 투병생활에 부인과 갈등이 얼마나 많았겠느냐는 친구의 질문에 "나는 살아있는 천사를 데리고 산단다."라는 고백을 했다는 고서방은 천사를 데리고 이 세상 천국에 살다가 저세상 천국으로 간 것이 틀림없을 터입니다.

그런가 하면 고서방 살아 있을 때 제가 한국엘 가니까 제가 권유를 해서 고서방이 동원이도 한번 다녀온 아버지 학교를 갔을 때 와이프에게 보낸 사랑의 편지를 식탁에 깔린 유리판 밑에 가보처럼 모셔 놓고서는 미순이가 하는 말이 밖에 나가면 같은 동 아파트에 사는 부인들이 10년 병 수발이 얼마나 힘드냐는 등 남의 사정 봐주는 척하고 입방아들을 찧을 때마다 "나는 정말로 남편 병 수발을 힘들다고 생각해 본 적이 없고 오히려 나에게 삼시 세 때 더운밥을 먹게 해주는 고마운 남편이라고 생각하고 살아왔는데 왜들 저럴까?" 이상하게 생각했다는 거지요.

물론 우리 동생 미순이는 마음씨가 고운 자랑스러운 동생임에 틀림 없지요. 그러나 원래 인간적인 고운 마음씨 가지고 이것이 가능했을까요? 이 마음씨는 신앙이 바탕에 깔려서 하나님이 주시지 않으면 도저히 가질 수 없는 마음씨라고 생각합니다.

그러니 먼저 간 고서방이나 미순이는 예수 믿고 죽은 다음에 천국을 가려는 것만 아니고 예수 믿고 이 세상에서 이미 천국의 삶을 살아가다가 죽은 다음에는 눈물도 슬픔도 그 어떤 어려움이나 고통도 없는 영원하고 완전한 천국에 가려는 것 바로 그것이 예수 믿고 받는 축복입니다.

그 다음에 저는 고백드릴 말씀과 사연이 너무 많습니다. 하기야 돈 200불 손에 쥐고 영주권도 없이 내동댕이쳐지듯 낯선 미국 땅에서 오늘의 내가 있기까지 가정을 이끌고 생존을 이어오려니 어찌 사연인들 없었겠습니까.

그 숱한 사연들이 많지만 최근에 있었던 일 한두 가지 말씀드리고자 합니다.

한 달 전에 주일예배에 나갔다가 뜻밖에 고등학교 동기동창을 하나 만났습니다. 아들이 이곳 시애틀에 살아서 방문 차 들린 길에 제가 이곳에 살고 있다는 이야기를 듣고 찾아 왔더라고요.

이 친구는 제가 미국에 오기 한해 전에 한 달간 유럽 출장을 가서 영국 런던에 들렀을 때 당시 그곳 KOTRA 주재원으로 나가 있는 중에 만났던 친구이지요.

그때 잠시 스쳐 지나간 듯 만난 후 42년이라는 세월이 지난 후에 갑자기 예고도 없이 눈앞에 나타난 것이죠. 정말 반갑더리고요. 그래서 함께 하루 일정으로 눈산을 한번 올라갔다 왔습니다. 이렇게 오랜만에 친구를 만나면 서로 대화를 이어가기가 참 어렵다는 것을 흔히 느껴왔으나 예외가 있더라고요. 그것은 같은 신앙을 가진 친구를 만났을 때입니다.

그도 한국 지구촌 교회에서 오랫동안 장로로 시무를 하다가 은퇴한 친구였습니다. 그러니 둘이 말이 통하니 하루해가 오히려 짧을 정도로 서로 할 이야기가 넘쳐나서 시간 가는 것이 아쉬울 정도였답니다.

그런데 하산하는 도중 친구가 한 말이 저를 무척이나 당혹스럽게 하였습니다. 그 한마디는 "종혜야 너는 성공했구나."이었습니다.

출세를 해서 무슨 지위나 명예를 자랑할 것도 없고 돈을 많이 벌어서 쌓인 부를 자랑할 것도 없고 그밖에도 무엇 하나 자랑할 것이 없는 저에게 42년 만에 만난 동창이 "너는 성공했구나."라는 말은 정말로 당혹하게 만들기에 충분하였답니다.

그 친구와 헤어진 후에 여러 날을 두고 왜 나에게 그런 소리를 했을까를 생각하고 또 생각을 해보아도 도무지 해답을 찾을 수가 없었습니다. 도대체 '성공'이란 무엇일까에 대해서 고민하며 생각을 해보았습니다.

내 나름대로 결론은 "인생 하직하는 맨 마지막 순간에 웃는 사람이 성공한 사람"이 아닐까 하는 것이었습니다.

이 나이 되도록 살아 보니까 젊어서 온갖 부귀공명 다 누렸어도 나이 먹어가니까 모두 평준화 되어갔는데 세상 하직 할 때 험한 꼴 보이고 가게 되면 그런 인생을 보고 누가 성공했다 하겠나 하는 생각이 미치게 되었습니다.

언젠가 제가 형님께 말씀드렸던 말씀이 불현듯 생각나더군요.

형님도 기억 하시겠지요. 내가 언젠가 세상을 떠날 때가 되면 한손에 사랑하는 아내의 손목을, 그리고 다른 한손에는 사랑하는 두 딸의 손목을 잡고 꼭 이 한마디 말을 남기고 떠나고 싶은 것이 내 간절한 소원이라고요.

그 한마디는 "여보, 그리고 미경아, 미원아, 내 나그네길 인생 중에 너희들을 만난 것은 큰 축복이었다. 너희들을 만나서 아빠의 인생은 참 보람이 있었다. 고맙다." 이런 내용의 말입니다.

아직 장담은 못 하겠지만 정말 내가 그렇게 하고 세상 떠날 수만 있다면 성공한 인생을 살았다고 해도 되지 않겠나 싶습니다. 그런 마음을 가질 수 있게 해주신 분이 바로 제가 믿는 그 하나님이십니다.

그 하나님의 도움으로 그런 마음을 가지고 그 하나님과 동행하는 삶이 바로 이 세상 천국의 삶이 아니겠습니까? 죽은 다음에 가는 천국은 그 다음이구요.

부끄럽지만 이야기 하나 더 말씀드려 봅니다.

벌써 오래전에 일이라 왜 그랬었는지 그 이유는 기억이 나질 않는데 딸 미경이 하고 무슨 일로 의견 충돌이 있어 홧김에 소리소리 지르며 막말을 쏟아 낸 것이 빌미가 되어 갈등이 생겼습니다.

그 이후로 하루에도 최소한 전화를 몇 번 하거나 집에 들르던 딸은 내가 전화를 하지 않으니 한 3일 동안도 연락조차 없었습니다. 속으로 괘씸한 생각이 들면서 부글부글 끓어 올랐습니다. 이렇게 속으로 칼을 갈면서 나와의 싸움을 지속하는 것이 하루가 지나고 또 하루가 지나기를 열흘 째 되는 날인 것으로 기억됩니다.

도저히 더는 참을 수 없으니 오늘은 내가 쫓아가서 결판을 내고 말리라

단단히 작심을 하고 나니 슬그머니 걱정이 되는 겁니다. 내 입에서 어떤 말이 쏟아질지 장담을 할 수가 없는 것이 우선 집이 나서만 소리 지른다고 굴복할 딸도 아니라는데 생각이 미치니까 오늘로 부모 자식의 연이 끊어지는 수밖에 없겠구나 하는 착잡한 생각을 갖게 되었습니다.

그런데 새벽에 월간 '생명의 삶' 오늘의 말씀 페이지를 펼쳤습니다.

에배소서 4장 26절과 27절 말씀 "분을 내어도 죄를 짓지 말며 해가 지도록 분을 품지 말고 마귀로 틈을 타지 못하게 하라" 이었습니다.

순간적으로 쾅하고 무엇이 내 뒤통수를 내리치는 것 같은 충격과 함께 "열흘 동안을 마귀에게 끌려 다녔구나 하는 생각과 함께 내 마음속에 이런 하나님의 음성이 잔잔하게 들려오기를 "에이그, 한심한 녀석아, 애비가 되어가지고 딸내미 하나 품지를 못하고 쯧쯧... 더욱이 명색이 장로라고 하는 녀석이..." 너무 너무 부끄러워 정말 쥐구멍이라도 있으면 들어가 숨고 싶은 심정이었답니다.

곧바로 "하나님 제가 잘못했습니다. 용서해 주십시오." 고백을 하고 즉시로 미경이에게 이메일을 보냈습니다.

"사랑하는 내 딸 미경아. 오늘 아침 하나님께서 내게 주신 말씀이 에베소서 4장 26절과 27절이었는데 너도 한번 그 성경 구절을 찾아서 읽어 보고 오늘 하루 동안 묵상해 보면 좋을 것 같구나. 그리고 아빠가 잠시 절제를 못하고 내지른 한마디가 그렇게도 네 마음을 아프게 했니? 아빠가 많이 미안한 생각을 가지고 있으니 아빠를 한번 용서하면 안 되겠니? "

이메일을 보내고 그냥 평시처럼 가게를 갔다가 저녁에 집에 들어오니 문을 열고 들어오는 순간 딸이 다녀간 냄새가 나더라고요. 이것으로 열흘 동안의 악몽은 우리 가정의 삶으로부터 완전하게 지워져 버렸죠.

무슨 말이 꼭 필요한가요? 성경 말씀 시편 119편 105 절에 "주의 말씀은 내 발에 등이요, 내 길에 빛이니다."라고 시편의 기자가 고백했는데 이것이 바로 저의 고백이기도 합니다.

형님, 예수 믿고 복 받는다고 해서 모든 일이 잘되고, 만사가 형통하고, 병도 안 나고 사업도 잘 되는 그런 걸까요? 아니지요, 예수 믿는 사람에게도 이 세상에 사는 동안에는 똑같이 시험과 고통, 갈등, 사업의 어려움, 헤어짐의 어려움 등을 당하기 마련이지요.

그러나 그 같은 어려움을 당할 때 거기에 대처하는 방법에 있어서 믿는 자와 믿지 않는 자의 차이가 드러나게 되는데 믿는 자는 믿음의 방법으로, 안 믿는 자는 내 방법으로 내 생각대로 할 수밖에 없는데 거기에서 이 세상의 천국과 지옥이 갈라지게 되는 것이라고 믿습니다.

제가 형님께 수십 년을 한결같이 기도하면서 권해드리는 예수는 바로 이런 예수를 이름이지 무당 푸닥거리 하듯이 예수만 믿으면 모든 것이 술술 풀리고 잘만 되는 그런 예수가 아니랍니다.

형님, 언젠가 저에게 말씀하셨죠. "나도 네가 가진 그런 믿음을 좀 가져 보았으면 좋겠다. 그런데 안 되는 것을 어쩌느냐?" 하고요. 정말로 형님도 그 믿음 갖기를 원하신다면 부족하고 못난 이 아우의 말이 아닌 하나님의 말씀으로 정확한 방법을 알려드릴 터이니 심각하게 곱씹어 보시기 바랍니다.

말씀은 로마서 10장17절입니다. "그러므로 믿음은 들음에서 나며 들음은 그리스도의 말씀으로 말미암았느니라." 그리스도의 말씀, 성경 말씀을 어디서 듣겠습니까? 교회에 가셔야 듣지요. 그러셔야지 듣고 믿음이 생기지요. 형님, 일주일에 한 번씩 정장을 하시고 교회 가시는 것을 생활화 했다고 보십시다.

우선 개미 쳇바퀴 돌아가 듯 하는 지루한 삶에 쉬엄쉬엄 구두점을 찍고 가는 듯한 새로움을 맛보시게 되실 것입니다. 뿐만 이니리 귀깃길에는 두 분이 모처럼 외식도 하신다면 금상첨화 아니겠습니까?

언젠가 병원을 그만두신 후에 두 분이 같이 하실 수 있는 그 무엇을 미리 준비하시는 셈이 되실 것입니다. 내가 어떤 처지, 어떤 형편에 있든지 위로가 되고 격려가 되는 말씀을 듣게 되실 것입니다.

경우에 따라서는 내가 아내에게, 또는 아내가 나에게 하고 싶은 말을, 만약 내가 직접 한다면 옳게 듣지 않을 말을 하나님이 목사의 입을 빌어서 내 대신 아내에게 또는 남편에게 들려주시는 체험을 하시게 될 것입니다.

내 처지와 형편이 아무리 불만스럽고 괴롭더라도 이 세상에는 나보다 몇 십배, 몇 백배 더 어려운 고통 가운데 사는 사람들이 너무너무 많다는 사실을 알게 될 뿐 아니라 그런 어려움 가운데 그들이 어떻게 신앙으로 그 어려움을 극복하고 승리했는지에 대한 많은 이야기들을 들으시게 되고 "거기에 비하면 나는 아무것도 아니구나." 하는 위로와 용기를 얻게 될 것입니다.

그렇게 계속해서 교회 출석을 하시다 보면 언제 어떻게 생겼는지 나도 모르게 믿음이 생기게 되고 그렇게 되면 이 세상에서 이미 영생의 삶을 시작하게 되는 것이지요.

마가복음 4장 26절과 27절 "또 이르시되 하나님의 나라는 사람이 씨를 땅에 뿌림 같으니, 저가 밤낮 자고 깨고 하는 중에 씨가 나서 자라되 그 어떻게 된 것을 알지 못 하느니라"

의문이 많이 생기실 것입니다. 그러나 복 많으신 형님은 이미 아무 흉허물 없이 질문하고 해답을 들을 수 있는 개인 교수를 두고 계시지 않습니까? 바로 영락교회 원로 장로님이신 임 사장님 말씀입니다.

갈등도 많으실 것입니다. 입으로 말들은 번지르르하게 하면서 못된 짓, 손가락질 받을 짓들을 얼마나 많이 합니까? 구린내가 날 정도이지요. 그래서 성경에는 이런 말씀까지 준비해 놓으셨답니다.

마태복음 23장3절 "그러므로 무엇이든지 저희의 말하는 바는 행하고 지키되 저희의 하는 행위는 본받지 말라. 저희는 말만 하고 행치 아니하며"

헌금에 신경 쓰지 마십시오. 헌금은 내 마음이 움직여서 진심으로 자원하는 마음이 생길 때까지는 절대로 내시지 마시기 바랍니다. 그렇기 전에 내는 것은 헌금이 아닙니다. 공연히 헌금이 아닌 돈을 낭비하셔서는 안 됩니다.

형님, 예수 믿고 얻는 영생의 길로 형님을 간절한 마음으로 초대합니다. 이다음에 죽은 다음에 가는 천국 영생이 아니라 이 세상에서 이미 받아 누리기를 시작하는 영생, 그리하여 영원한 천국에 가서까지 이어질 그 영생의 삶으로 형님을 모실 수 있기를 간절히 기도합니다.

수십 년을 이어온 저희 기도는 그 기도가 응답되어질 때까지 계속될 것입니다.

형님 건강 하십시오. 형수님의 건강을 위해서도 계속 기도하겠습니다.

"모든 것은
하나님의 섭리였고
은혜였습니다."

| 인쇄 | 2024년 7월 30일
| 발행 | 2024년 8월 20일

| 지은이 | 변종혜
| 발행인 | 채명희

| 발행처 | 가온미디어
　　　　　전주시 완산구 충경로 32(2층)
　　　　　전화_(063)274-6226
　　　　　이메일_ok.0056@hanmail.net

값 16,000원

ISBN　979-11-91226-23-2